糸暦《いとごよみ》

小川 糸

もくじ

イラスト　杉本さなえ
デザイン　鈴木さとみ

卯月

うづき

山菜の昆布《こぶ》じめ

山菜が好きだ。山形で生まれ育ったわたしにとって、山菜は買うものではなく、山からいただくもの。毎年、鯉のぼりがはためく頃になると、父が山に入ってタラの芽を摘《つ》んできたり、母が野原でワラビを集めてきたり。食卓には、何かしらの山菜が並んでいた。

実家を離れてからは、時たま、宅配便で新鮮な山菜が送られてくるようになった。野生のタラの芽は元気がよすぎるくらい元気がよく、棘も凶暴で、生命力の強い甲殻類を手にしているような気持ちになる。山菜こそが、春の訪れを告げる使者だった。

両親が鬼籍に入り、わたしがこの季節日本にいないことも続いたため、山菜の味は長いことご無沙汰になっていた。が、この春は久しぶりに日本にいる。そしてありがたいことに、今度は伯母が、両親にかわって山形から山菜を届けてくれるようになった。

さっそく、台所に立って山菜たちと対面する。赤コゴミは、豆乳と酒粕で風味をつけたお味噌汁に、ウルイはたっぷりと出汁を含ませたお浸しに、タラの芽とコシアブラは王道中の王道である天ぷらにし、それぞれ余すところなくいただいた。

春の息吹が口の中で炸裂し、ほんのり土の香りを含んだ爽やかな春風が、体の中の津々浦々にまで吹き渡り、春ですよー、と大声で知らせてくれる。わたしと山形が、再び見えないトンネルで結ばれた。

それにしても、子どもの頃は当たり前だと思っていた山菜の存在が、こんなに贅沢《ぜいたく》で貴重な食材であったことを身に染みて実感する。父と母が、どんな想いで山菜を摘み、送ってくれていたかを想像すると、熱々の天ぷらを頬張りながら、涙がこぼれそうになる。

昨春、わたしはコゴミの新たな食べ方を発見した。軽く湯がいたものを、昆布じめにするのである。昆布の風味と塩気がコゴミに受け継がれ、なんとも風流な味になった。海の幸と山の幸、生まれも育ちも違う昆布とコゴミが、ただ寄り添うことで、お互いにお互いを引き立てる。お醤油もカツオ節も必要なく、このままで十分すぎるほど、滋味深い。

もう少ししたら、八百屋さんの軒先にはワラビが並ぶ。母が野原から無造作に集めてきたワラビの、野性味溢れる味にはかなうはずもないけれど、ワラビは大好物なので、きっとわたしは、反射的に買ってしまうだろう。その時は、絶対に昆布じめにしようと企んでいる。

手作りの石けん

気がついたら、石けん作りにはまっていた。きっかけは、新型コロナウイルスである。幾度も緊急事態宣言が出され、時間を持て余した。特に、いつも通っている近所のスーパー銭湯まで閉まってしまったことの痛手は大きかったように思う。自分の中で、いかにお風呂時間が大切だったかを教えてくれた出来事だった。

銭湯に行く時は、いつも自分の石けんを持っていく。ベルリンから日本に戻って、困ったことの一つが石けんだった。向こうでは普通にスーパーに行けば安心して使えるオーガニックの石けんが手頃な値段で手に入ったのに、日本だと、それがなかなか容易に手に入らない。あるにはあるのだが、お値段もそれなりにするし、毎回遠方より取り寄せるというのも、なんだか気が引けてしまうのである。

ならば、手作りしてみようではないか、時間もたっぷりあることだし、と思い立ち、一度教室に通って手作り石けんのイロハを教えてもらったら、やめられなくなってしまったというわけである。

石けん作りは、お菓子を作る過程にとてもよく似ている。大切なのは、材料の重さをきっちりとはかることで、それと温度さえ守れば、意外にも簡単にできるのである。

石けんの材料は、基本的に水と油だ。その、本来交わらないはずの水と油を、苛性ソーダを媒介にすることで一つにする。が、この苛性ソーダが問題で、劇薬に指定されていることもあり、入手そのものが難しいのだ。

わたしもはじめは、苛性ソーダの扱いが怖かった。けれど、ゴム手袋をし、換気をよくし、扱いにさえ気をつけて作業を進めれば、過度に恐れる必要のないことがわかってきた。完成したばかりの石けんは強いアルカリ性だが、一カ月ほど寝かせることで弱アルカリ性となり、普通に石けんとして使えるようになる。

ローズの精油を入れてロマンティックな気分を味わえる石けんや、ミントを入れて爽快感を味わえる石けんなど、自分好みの石けんを作ることができる。石けんから始まって、今では化粧水やリップクリーム、ハンドクリームも自分で作っている。やってみると、意外に簡単なことにびっくり。春は、石けんを作るのにちょうどいい季節だ。

精製パームオイル
Palm oil

皐月——さつき

山椒の実の醤油漬け

ゴールデンウィークを過ぎると、ぼちぼち保存食作りの季節がやってくる。腕まくりをし、今か今かと食材の到来を待つ。

まずは、山椒の実だ。

わたしが住んでいる東京の家の近所に、江戸時代から続く植木屋さんがある。そこだけ緑がモリモリと茂っていて、かつてはその敷地の一角で豚も飼育されていた。今は鶏だけになってしまったが、フェンスで囲まれた土の上を自由に歩く鶏たちはいつも元気いっぱいで、基本的に卵は、そこの平飼い卵を買うようにしている。畑もやっているので、卵だけでなく、旬の野菜もまた、そこで買うことができる。

卵や野菜は、民家の玄関先に設けられた無人販売ロッカーに並んでい

るのだが、五月の半ばを過ぎる頃から、わたしはソワソワして落ち着かない。犬の散歩がてら立ち寄っては、ロッカーの中に山椒の実が並んでいないかをチェックするのだ。

見つけたら、即座に買う。そのために、お財布の中に百円玉を常備しておく。ロッカーは、百円玉しか使えないシステムになっている。

山椒がミカン科と知ったのは、つい最近のことだった。確かに、言われてみれば、山椒は小さなミカンである。香りも、若いミカンそのものだ。

家に持ち帰った山椒の実は、一つずつ手に取って、細い茎を取り除く。この作業が、実にちまちましている。けれど、わたしはこのちまちま作業が結構好きだ。雨など降っている時は、尚のこと作業に集中できる。大好きな音楽を聴きながら、山椒の実のお世話をするのは、至福のひとときと言っても過言ではない。

その作業が終わったら、軽く実が潰《つぶ》れるくらいになるまで熱湯で湯がき、その後、一時間ほど水につけてアク抜きをする。それを更に醤油に漬け込めば、山椒の実の醤油漬けができる。

昆布の佃煮を作る時、これがあるとないとでは、ずいぶん味の奥行きに差ができる。他にも、お肉の炒め物に入れたり、混ぜごはんに加えたり、ちょこっと添えることで急に料理の景色が変わる。山椒は魔術師だ。そんな山椒の実に出会えるのは一年に一度きりだから、この時期は一年分の山椒の実を確保すべく、集中してお世話に明け暮れるのである。

山椒鍋

五月に鍋とは、なんだか季節外れのような感も否めないけれど、こと山椒鍋に限っては、春を待ち、盛大に花が咲く頃に窓を全開にして食べたい。というか、その頃にしか食べられないのだ。理由はとても簡単で、鍋の主役が山椒の新芽だから。しかも、出たばかりの貴重な山椒の芽を、これでもかというくらいてんこ盛りにして鍋に入れる。山椒鍋は、山椒の芽がなければ成り立たない。

故に、まず入手すべきは山椒の芽である。が、これがなかなか難題で、庭に山椒の木でもあれば別だけれど、そうでない場合、山椒の芽を山盛り手に入れるのは至難のわざだ。幸い、わが家の近所に江戸時代から続く植木屋さんがあり、山椒の新芽はそこから分けてもらう。ただし、山椒の芽がたくさん手に入らなくても、がっかりすることはない。その場合は、山菜のコシアブラで代用可能だ。

具材にも、こだわりがある。白と緑で揃えるのだ。わたしが教えてもらったのは、蓮根《れんこん》、ウド、筍、豆腐、湯葉、そして、生麩《なまふ》は粟《あわ》と蓬《よもぎ》（要するにこれも白と緑）で、出汁は昆布出汁、そこに鶏団子のつくねを落とす。これを、出汁の変化を味わいながら、少しずつお椀に移していただく。

これがもう、本当に本当に、しみじみと五臓六腑《ごぞうろっぷ》に染みわたる味なのだ。清らかで、清々《すがすが》しい。しかも、鍋の中で白と緑が鮮やかに映え、目にも麗《うるわ》しい爽やかな景色が広がる。まさに、五月の薫風《くんぷう》を味わっているような気分。

山椒の芽とウドの組み合わせなんて、知らないと敬遠してしまいそうだけれど、食べれば一口で納得する。個性の強い香り同士が、相手の香りを更に引き立て、お互いがお互いに光を当てるなんて、知らなかった。

じょじょに具材からの旨味が重なり、出汁はどんどん味がまろやかになっていく。食べれば食べるほど、体が浄化され、透き通っていくようだ。実山椒はたくさん食べると舌がしびれるけれど、山椒の芽の場合はそれほど強い刺激がなく、香りだけが強調される。一年に一回、この季節にしか食べられない鍋というのも、いいものだなぁとしみじみ。

もとは、白洲正子さんが好んで食べた鍋とのこと。いつか、本家本元にならい、貴重な花山椒を浮かべて堪能する日を夢見ている。

水無月

――みなづき

ラッキョウ漬け

山椒の実に続いてやってくるのは、ラッキョウである。

こちらは、山椒の実以上に、手強い。なんといっても生命力が強いから、畑から収穫された後も、ぐんぐんと芽が伸び続けるのである。とにかく、一刻も早く息の根を止める必要がある。

味噌にしろ、梅干しにしろ、保存食を楽しく作るコツは、小分けにしてこまめに作業をすることだと思っている。ラッキョウも、然《しか》り。まだその教訓まで辿《たど》り着いていなかった頃、若気の至りで、ラッキョウを一気に十キロも注文してしまったことがあった。作業しても作業しても、段ボールにはまだ泥付きラッキョウが残っていて、いい加減、泣きそうになったのを覚えている。

わたしの経験上、ラッキョウほど手間のかかる食材はない。まず、大抵の場合、ラッキョウは泥にまみれている。だから、最初はその汚れを水で洗い、綺麗にする必要がある。更に、表の薄皮を一、二枚剥《は》がして、つるんとした素肌をあらわにする。それから、根っこを切り落とし、更に芽も切り落とす。これを、一つ一つ手に取って作業するのだ。気が遠くなるのも、無理はない。

ラッキョウを漬け込むにはいくつか方法があるが、わたしはいつも、熱い煮汁をそのままラッキョウにかけてしまう。ちょうど梅干し作りの過程で梅酢が上がってくる頃だから、漬け汁には梅酢も使って、味を調節する。

その煮汁をラッキョウが吸い込むわけだから、当然、煮汁がおいしければ、ラッキョウ自体もおいしくなるのだ。イメージとしては、甘酸っぱくて、顎の奥がキューッと窄《すぼ》まるくらい酸味は強めに。甘さを出すには、黒糖なんかを使ってもいい。カビが出ないよう、種を取り除いた鷹の爪も入れて保存する。

煮汁に漬け込んだラッキョウは、一、二カ月もすると食べられるようになる。カリッとした歯応えの甘酸っぱいラッキョウになっていると、苦労も吹き飛ぶというものだ。カレーにはラッキョウ漬けが不可欠だけど、ビールのアテにしてもいいし、刻んで豚肉と炒めたりしてもいい。おいしくできたラッキョウ漬けは、秋を待たずに姿を消してしまう。あんなにたくさん作ったのに。

日々の梅干し

六月は、梅の月。梅仕事のために、極力スケジュール帳は空《から》にしておく。

実家では毎年、祖母と母が、梅干しを作っていた。庭に一本、立派な梅の木があり、梅干しはその木になった梅の実をもいで漬けるのが恒例だった。梅の量も塩の量もはかっていたような記憶はないから、全て「塩梅《あんばい》」だったのだろうか。納戸に置かれた大きな瓶には、一年分の梅干しが漬けてあった。

大人になり、初めて、皮が薄くてふわふわの大粒の梅干しを食べた時は、目から鱗《うろこ》が落ちそうになった。実家で食べていた、あの、ただただしょっぱくて酸っぱいシワシワの梅干しとは違い、ほんのり甘味があり、梅干しに対する見方が大きく変わった。それはまるで宝石のような存在感で、立派な「ご馳走《ちそう》」だった。

自分で梅干しを作ってみようと思い立ったのは、二十代の後半くらいだっただろうか。目指すは、わたしが大人になってから出会った、大粒で皮が破けそうな繊細な梅干しである。立派な南高梅《なんこううめ》を取り寄せては、せっせと漬けて悦に入った。

それはそれでおいしかったのだが、四十代も後半になった今、わたしは大粒よりも小粒の梅干しに魅力を感じる。大粒のは、見栄えはいいのだが、一つ全部は食べきれない。それよりも、小粒のを、一日一個、ほどよい量のごはんで毎日欠かさずに食べたいのだ。

梅干しの漬け方も進化した。以前は大量の梅を一回で大きな瓶に仕込んでいたのだが、これだとカビが出た時、全てをダメにしてしまう恐れがある。行き着いたのは、保存用袋を使って小分けにして漬けるやり方だ。合計五キロの梅を漬ける場合でも、一キロずつ作業すれば、時間のある時にささっとできるので手間もかからない。大きな保存容器を用意する必要もない。梅干しの漬け方も、時代と共に臨機応変に変化する。

去年は、スーパーや近所の農家さんで見つけた梅で普段の梅干しを、取り寄せた上等の南高梅でハレの日の梅干しを、と二種類に分けて漬けたのだが、どんどん減っていくのは何気なく漬けた普段使いの梅干しの方で、ハレの日の梅干しは圧倒的に出番が少ない。いつの間にか、梅干しが日常の暮らしに溶け込んだ証《あかし》である。

そんなわけで、今年は小粒の梅を集めては、せっせと梅干し作りに励もう。

文月——ふみづき

麻の着物

わたしが初めて誂《あつら》えた着物は、小千谷縮《おぢやちぢみ》だった。新潟県の小千谷地区で誕生した小千谷縮は、越後上布《えちごじょうふ》を改良した麻の織物で、苧麻《ちょま》という糸から作られている。かつては、農閑期の冬の手仕事として織られていたそうだ。

織りあがった布をお湯につけて丁寧に揉《も》みほぐすことで独特なシボ（凹凸）が生まれ、更に、晴天の日に雪の上に晒《さら》すことで色がより美しくなるという。

夏の着物というと木綿の浴衣が定番だが、個人的にはあまり好きになれない。まず、蒸れて暑い。それに、本来浴衣というのは湯上がりに着るもの。それで外を歩くというのはパジャマで出かけるようなものだか

ら、いかがなものかと眉をひそめてしまうのだ。

その点、麻の着物は優れている。見た目はきちっとしているのに、身に纏《まと》うととても涼しい。盛夏の時は、中の肌着や襦袢《じゅばん》、足袋、腰紐に至るまで全て麻の物に揃えると、快適さはいや増しする。風がスースーと吹き抜けて、洋服に身を包むより、よっぽど爽快感がある。まるで、素肌を晒して歩いているような気分になるのだ。

その上、麻の着物は自分で洗濯ができる。たっぷりと汗をかき、家に帰ったら着物も襦袢も肌着も、身につけていた物を素早く脱ぎ、全て洗濯機に放り込んで洗濯する。洗濯が完了するまで、冷たいビールでも飲みながら、着物を解いた後の解放感に酔いしれるのもまた、夏の着物の醍醐味というもの。

二十代、三十代の頃は、着物のルールなど端から無視して、安いアンティークの着物を自分流に着て遊んでいた。それはそれで、着物の楽しみ方の一つだと思う。でもさすがに四十代になると、自分の体の大きさに合う着物にきちんと包まれたくなった。

着物のお誂えは確かにそれなりのお値段がしてしまうけれど、自分の手足にビシッと合った着物に包まれることほど、安心できることもない。それに、着物なら歳を重ねても長く着続けることができる。

日本の夏は、年々暑くなってきている。そんな時、麻の着物をさりげなく着て爽やかに街を歩けば、周りの人も、そして自分自身も涼しくなる。

思い出の笹巻《ささま》き

笹巻きと呼ばれる、山形の郷土菓子がある。笹を使って作るお菓子で、中に入っているのは餅米《もちごめ》だ。ちょうど笹の葉が大きくなる梅雨の頃、山形ではそれぞれの家で笹巻きを作る。

わたしの実家のすぐ近くに、大きなお寺があった。その敷地に笹が生えていて、母は笹巻き作りの季節が巡ってくると、笹の葉の大きさをチェックするため、ちょくちょくお寺に足を運んでいた。そして、ちょうどいい大きさに成長すると、花鋏《はなばさみ》と紙袋を持ってお寺に出向き、一枚一枚、笹の葉を集めるのだ。

笹巻き作りは、台所に新聞紙を広げ、祖母と母が丸一日かけて行った。まずは前の晩から餅米を水につけておき、それを大きなザルにあげ、水を切った餅米を笹の葉で包む。わたしが好きなのは、その形である。美しい、三角形をしているのだ。二枚の笹の葉を上手に使い、中に餅米を詰めて三角の形にし、その三つ角をそれぞれイグサで留めてある。

祖母も母も手慣れたもので、形の整った三角形に仕上げるのはお手のものだったが、幼いわたしには、その構造がまるでわからなかった。わたしは、いつになく祖母や母を尊敬の眼差しで見つめていたように思う。

それを、熱湯で茹でて、一晩風に当てて冷ましたら、完成だ。これに、砂糖と塩で味付けしたきな粉をまぶして食べる。

笹巻きの季節になると、わたしは急いで学校から帰宅して、おやつに笹巻きを食べるのを楽しみにしていた。こんなにシンプルなのに、家によって味が違い、わたしは断然、自分の家の笹巻きがおいしいと感じていた。

角が少しでも空《あ》いていると、そこが空気に触れて、カビが生えてしまう。だから、丁寧に餅米を包まないといけない。笹の持つ殺菌作用は絶大で、きちんと隙間なく笹の葉で包んであれば、常温で保管しても一週間くらいは平気で食べられる。昔の人が編み出した保存食なのだろう。

もう、わたしに笹巻きを作って食べさせてくれる人は誰もいなくなった。だから、笹巻きは自分で作るしかない。いつだったか、笹の扱い方を母に尋ねたら、母が、小さな笹で順を追ってやり方を説明した紙を送ってくれたっけ。それが、母からの形見になった。

もしかすると、人生で最後に食べたいおやつは、笹巻きかもしれない。

葉月 ―― はづき

夏の音楽堂

八月は、基本的に仕事をしない。ヨーロッパにはバカンスの文化があるけれど、とても理にかなっていると思う。第一、暑い最中に無理やり仕事をしようとしても、効率が悪く、はかどらない。そんな時は、思い切って仕事を休む。日本にも、早くバカンス文化が根付くことを願っている。

よりよく仕事をするための、バカンスなのだ。

息だって、吸うのと吐くのを交互に繰り返すからこそ、呼吸として成立する。吸ってばかりでも、吐いてばかりでも、しんどくなる。仕事は継続することが大切だから、力を込めて踏ん張る時期と、力を抜いて緩む時期、両方が必要なのだ。ずっと頑張り続けることなんて、所詮無理。

そういう加減をしないで力み続けていると、いつかいきなり力が尽きて、派手に倒れ、起き上がれなくなってしまうかもしれない。

そういうオンとオフのバランスの取り方が、ヨーロッパの人たちは実に見事だった。休むことに罪悪感も後ろめたさもないし、他人への遠慮もない。自分がいい仕事をするためにバカンスは必要というスタンスで、次のバカンスをどこでどのように過ごすかは彼らの永遠のテーマになっている。バカンスのない人生なんて、ありえない。

夏をベルリンで過ごすようになってから、八月は音楽やダンスを楽しむ時間になった。若手の音楽家が世界中から集まってクラシック演奏を披露するヤングユーロクラシックや、連日連夜、ベルリンのいくつかの会場でダンサーたちの踊りを楽しむ八月のダンス祭など、面白いフェスティバルが目白押しで、スケジュール帳はその予定だけでいっぱいになってしまう。特にヤングユーロクラシックは何年にもわたって足繁《あししげ》く通ったフェスティバルで、このコンサートのおかげで、わたしは生でオーケストラの演奏を聴く喜びを知ることができた。八月と音楽は、切っても切り離せない。

今年から、わたしは夏を長野県の山小屋で過ごすことになったのだが、その場所を選んだ決め手もまた、音楽が関係している。そう遠くない場所に、素敵な音楽堂があるのだ。この音楽堂を見た時、ここがあればこの地でも楽しく暮らせるような予感がした。

これからは、森の中の音楽堂で音に触れることが、わたしの八月を豊かにしてくれるだろう。

冷やし中華とコーヒーゼリー

冷え性なので、普段はなるべく体を冷やさないよう、冷たい食べ物や飲み物は控えているのだが、こと夏に限っては例外である。せっせと冷たいものを作っては、どんどん食べる。

去年、わたしは久しぶりに日本で夏を過ごした。噂には聞いていたし、それなりの覚悟もしていたのだが、やっぱり暑かった。クーラーのお世話にならなければ、とてもじゃないが夏を越せない。ヨーロッパと違い、日本の夏には湿気がある。この湿気が、曲者《くせもの》なのだ。

来る日も来る日も、暑気払いをして乗り切った。

まずは、冷やし中華である。近所においしいラーメン屋さんがあり、その店主のご厚意で、中華麺を分けてもらえるようになったのだ。それで、わが家の冷やし中華が俄然レベルアップした次第である。見様見真似で冷やし中華のタレを模索するうち、なんとなく自分でもそれらしい味が作れるようになった。材料は、酢、醤油、柚子《ゆず》の絞《しぼ》り汁、出汁、蜂蜜、胡麻《ごま》油、塩である。

理科の実験のように、それらを混ぜ、自分の理想とする味に近づけていく。上にのせる具は、きゅうり、トマト、焼豚、錦糸卵などが定番だが、わたしは冷蔵庫にあるものをなんでものせてしまうし、逆にそんなに具材をきっちり揃えなくてもいいと思っている。

例えば、きゅうりだけでも、シンプルで、それなりにおいしかったりする。さっと茹でた細麺をキューッと冷たい水でしめ、その上に適当に具をのせれば、冷やし中華が完成する。

食後のコーヒーも、夏はコーヒーゼリーに姿を変える。世の中には様々なタイプのコーヒーゼリーがあるけれど、わたしは断然、柔らかいコーヒーゼリーが好きである。

作り方は至って簡単で、普段飲むよりも豆の量を増やし、濃いめに淹《い》れたコーヒーにゼラチンパウダーを溶かし、あとはガラスの器に小分けして冷やすだけ。わたしが作っている分量は、コーヒー五百ミリリットルに対して、ゼラチンパウダーを一袋（五グラム）分溶かすというもの。これだと、かなり緩めのコーヒーゼリーになる。この上に、蜂蜜を垂らし、牛乳をかけていただくのがわたしのお気に入りの食べ方だ。

スプーンで上手にすくって口に運ぶと、その一瞬は、暑さも吹き飛ぶのである。

長月

ながつき

ひとえの着物

夜、窓の向こうから少しひんやりした風が入ってくると、夏の終わりを実感する。九月は長月とも呼ばれるが、確かに夜の時間がひときわ艶《つや》めく季節だ。あれほど頑《かたく》なに暑さを誇示していた夏も、気がつけばちょっと遠くへ退いて、今度は秋がやってくる。

秋の始まりは、いつも一抹《いちまつ》の寂しさを感じるのは何故だろう。わたしの中で夏はダントツ最下位の好感度だが、それでも、もうこれで夏はおしまいですよ、と告げられると、なんとなく切なくなり、後ろ姿に縋《すが》りつきたいような気持ちになってしまう。

そんな時は、着物の出番だ。わたしの手元にある、祖母から譲り受けた、何枚かの古い着物。決して贅沢な着物ではないけれど、わたしにと

っては大切な祖母の形見である。

明治の終わりに生まれた祖母は、夏の盛り以外、いつも着物を着て過ごしていた。特に、濃紺の絣《かすり》の着物は、いつも着ていた祖母の普段着だった。汚れると、自分で水洗いをしていたから、生地はごわつき、お世辞にも素敵な着物には見えなかった。ところが、祖母が亡くなってその着物を洗い張りに出したところ、着物は再び新しい命を吹き込まれたように美しく甦《よみがえ》ったのだ。

わたしは、ひとえの着物が好きである。ひとえの着物は、裏地がない分軽やかだ。ただ、ひとえの着物に袖を通せるのは、六月と九月しかない。六月は梅雨の時期に重なることもあり、着物を纏うのは九月が多くなる。だから九月は、わたしにとって着物月だ。暑くもなく寒くもない、ちょうどいい季節を着物に身を包まれていそいそとお出かけするのは、自分が日本人に生まれてよかったなあと思える瞬間だ。

着物は、そっと包まれているように感じられる点が一番の魅力である。どんな形でも、ふわりと、風呂敷で物を包むように、体を丸ごとおおらかに包み込んでくれる。着物を纏った時の安心感は、洋服では得られない感覚だ。普段の生活で着物を着るのは難しくても、たまに着物に袖を通すと、より季節を身近に感じ、数々の新しい発見がある。

もう祖母には会えないけれど、祖母の形見の着物を着ることで、わたしは祖母と再会することができる。だから一年に一回は、祖母がいつも着ていた絣の着物に袖を通して、大好きな祖母に体ごと抱きしめられているような気持ちを味わうのだ。

山形の芋煮

芋煮会という年中行事がある。地元山形に伝わる、秋の風物詩だ。夏の暑さが一段落し、そろそろひんやりとした爽やかな風が吹き始める頃、さて、今年の芋煮会はいつやろうか、という話になる。そして当日は河原に集合し、芋煮会を開くのだ。山形市内の場合、場所はたいてい馬見ヶ崎川《まみがさきがわ》だ。

芋煮会シーズンに合わせ、スーパーには芋煮会セットが登場する。大鍋に薪、材料など必要なものが全て揃って売られているから、わざわざ家から持ち寄る必要がない。河原に場所を確保したら、まずはみんなでスーパーへ行き、芋煮会セットを調達する。

次に、河原に転がる石を組み立て、かまどを作る。そして、薪を燃やして火をおこす。そこに鍋をセットし、青空の下、芋を煮る。ここで言う芋とは、あくまで里芋だ。あとは芋煮をつまみながら、ビールを飲んだり、おにぎりをかじったり。秋の到来を謳歌する。

さすがに山形を離れて以来、外での芋煮会はしていないが、やっぱりこの時期になると、芋煮が恋しくなる。芋煮の材料はシンプルで、里芋、牛肉、コンニャク、舞茸、ゴボウ、ネギ。

大人になったわたしは、少々気取って昆布カツオ出汁を使うけれど、河原での芋煮会では、もしかするとただ水に材料を放り込んで味付けしていただけかもしれない。正式には芋煮汁なので、汁だくにしてスープを味わう食べ物だ。たまにお客様に芋煮をお出しして、具だけ食べて汁が残されていたりすると、がっかりしてしまう。

味付けは、醤油に限る。醤油味以外の芋煮など想像もつかないけれど、どうやら同じ山形でも、庄内地方では味噌仕立てにし、しかも牛肉ではなく豚肉を使うとのこと。それでは、ただの豚汁ではないかと声を大にして言いたくなる。庄内の人には申し訳ないが、芋煮はあくまで牛肉を使った醬油味だからこそ、芋煮本来のおいしさが出る。

数年前、そんな芋煮の更なるおいしい食べ方を教わった。醬油味で何杯か味わった後、最後にカレー粉を加えてカレー仕立てにするのである。何度も火が通された里芋は、ふぅわりとして、まるでつきたてのお餅のような食感だ。これぞ、芋煮の醍醐味である。

わが家では、それをうどんやそばにかけ、芋煮カレーうどん、ないしは芋煮カレーそばとして楽しんでいる。これで毎回、大量に芋煮を作りすぎても、すっかり鍋が空になる。

神無月
――かんなづき

栗ごはん

あなどれないものに、栗がある。栗は、何にしてもおいしい。おいしいが、食べるのには難儀する。そもそも、あのイガが曲者だ。イガから外してもなお、おいしさに辿り着くまでには手間がかかる。

幼い頃、運動会のお弁当は栗ごはんと決まっていた。その日が近づくと、母は方々の八百屋に顔を出し、どこの栗が一番よさそうかをチェックした。その栗を運動会の前日に入手し、夜、栗の皮を剝《む》くのである。まずは鬼皮を剝がし、更に渋皮も丁寧に剝いていく。朝起きると、綺麗に剝き上がった栗の実が、水を張ったボウルの中で泳いでいた。

わたしの運動会の楽しみは、運動会そのものより、お弁当の時間だった。わたしが子どもの頃山形では、お昼になると家族単位でお弁当を広げるのが主流だった。お重の中には、栗ごはんがたっぷりと入っている。他のおかずになど目もくれず、母が作ってくれた栗ごはんだけを夢中になって食べていた。

母が亡くなり、わたしに栗ごはんを作ってくれる人がいなくなった時、わたしは初めて自分の手で栗を剥いた。というか、剥かざるを得なくなった。そして、その大変さを知って途方に暮れ、その場で包丁を放り出したくなったのである。

こんなに手間のかかる作業を、母は一言も文句を言わず、毎年やってくれていたのだ。母とは本当に色々あったけど、母が栗ごはんを作ってくれていたのは、ひとえにわたしが喜ぶからで、それこそが無償の愛だった。そのことに気づいた時、わたしは栗の皮を剥きながら、号泣した。

毎年、秋になって八百屋さんで栗を見つけると、つい衝動的に買ってしまう。そのたびに栗の皮と格闘しながら、もう二度と栗の皮など剥くものかと憤慨するのだが、やっぱり一年経つとその苦労をすっかり忘れ、つい、栗に手を伸ばしてしまう。

もしかすると母も、同じだったのかもしれない。妊婦さんが、赤ちゃんの顔を見た瞬間に出産の痛さ辛さを忘れてまた子どもを産みたいと思うのと、なんとなく似ている気がしなくもない。

栗を剥くたびに、反省したり、後悔したり、気づいたり、感謝したり。一年に一度、栗を剥いて栗ごはんを炊くことが、今では両親へのささやかな供養になっている。

味噌を作る

味噌作りを始めたのは、ベルリンに住んだことがきっかけだった。それまでは、好みに合う味噌を味噌屋さんで買っていた。けれど海外となると、無添加で作られた自然な味噌は、なかなか入手できなかった。ならば自分で作ろうと、一念発起したのである。

作ってみたら、案外簡単にできて驚いた。大事なのは、当たり前のことだけれど、いい素材、とりわけいい麹《こうじ》を使うこと。それに尽きる。

幸い、ベルリンではとても質の高い、新鮮な生の麹が手に入った。そしてわたしは気がつくと、味噌作りにはまっていた。ベルリンで仕込んだ味噌が、日本への一時帰国の際、お土産として喜ばれるほど。

味噌は、なんといっても材料がシンプルだ。大豆と塩と、麹さえあればできる。コツは、一度に多くを作ろうとしないことで、わたしは、年に何回かに分け、前々回に仕込んだ分がなくなりそうになるタイミングで、その都度仕込むようにしている。その方が、万が一カビが発生しても、無駄にする量を抑えることができるし、置き場所にも困らない。

家庭で作る場合、大豆は五百グラムくらいにしておくのが、茹でる作業にもちょうどよく、作りやすい。柔らかく茹でた大豆を潰し、塩と生麹と混ぜ合わせ、数カ月も寝かせれば、自家製の無添加味噌が完成する。わたしの場合、大豆の倍の量の生麹を贅沢に使っているので、甘味と香りが際立ち、味わい深い味噌になる。

味噌作りの過程で、塩と生麹を混ぜている時間が好きだ。だんだん気持ちが穏やかになって、瞑想しているような気分になる。味噌には、宇宙の銀河にも匹敵する、無数の命が宿っている。味噌を作る一連の行為は、そういう命と静かに対話することでもある。

一度、ものすごく悲しい気持ちで、味噌を仕込んだことがあった。数カ月経って様子を見ると、なんとその味噌からはカビが生えていた。そんなことは初めてで、ショックだった。と同時に、やっぱり味噌も生き物なのだということを痛感した。わたしの悲しみの波動が伝わったのだろうか。金輪際、悲しい気持ちで味噌を仕込むのはやめようと決めた。

乾燥し、少しずつ気温の下がる秋晴れの日が、味噌作りには最適だ。味噌は、未来への貯蓄であり、生きる力そのもの。だから、味噌を作る時は、自分や家族の健康と平和を祈りながら、青空の下、けがれのない朗らかな気持ちで仕込みたい。

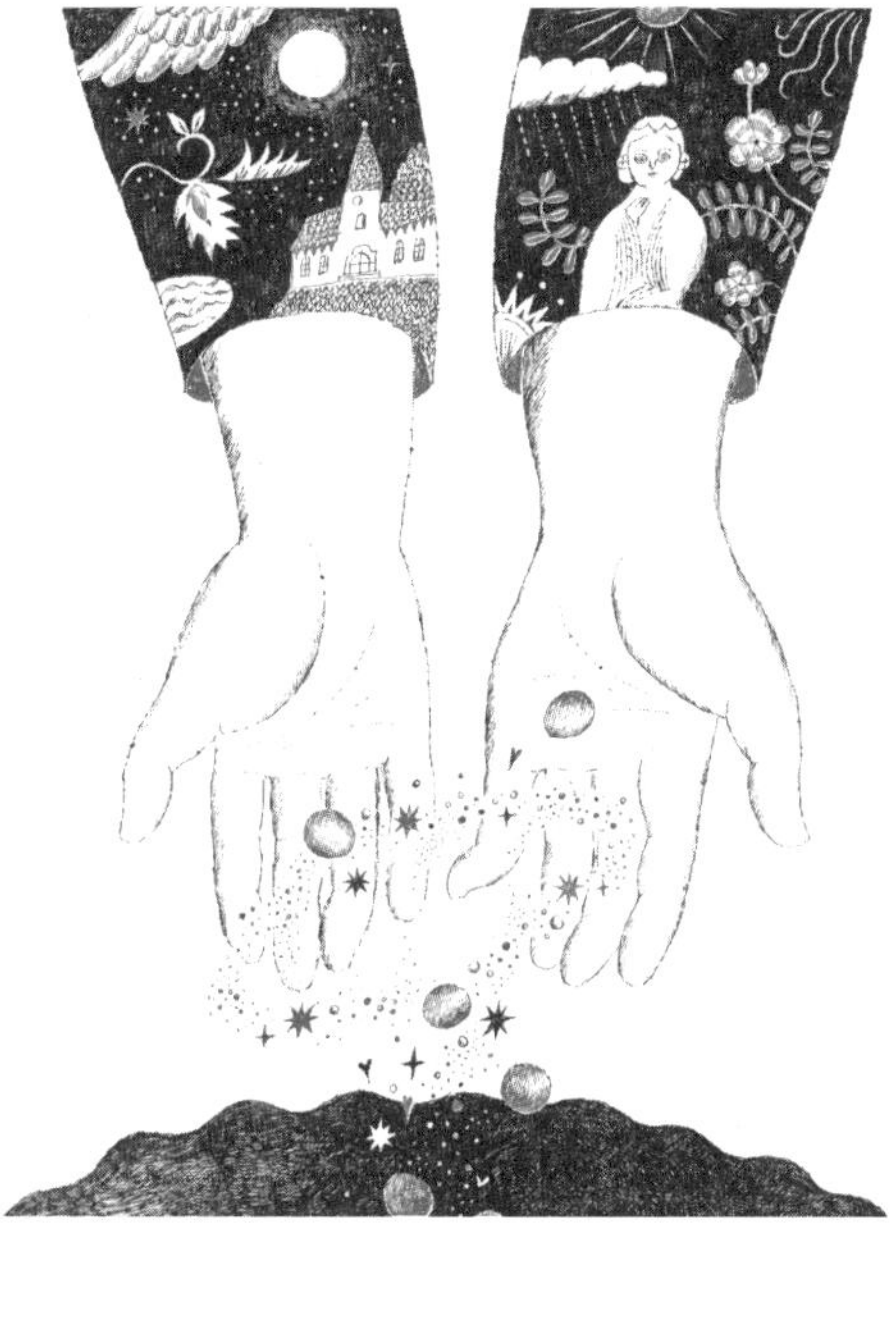

霜月——しもつき

新米を炊く香り

歳を重ねるにつれ、一年があっという間に過ぎるようになった。師走ともなると、その勢いはいっそう加速し、もう自分がついていけなくなる。だから最近は、そうなる前に、十一月のうちからちょこちょこと年の瀬の準備を始めるようになった。

料理や洗濯、掃除などの家事の中で、もっとも腰が重いと感じるのは掃除である。やってもやっても切りがない。せっかく一念発起して窓を磨いても、次の日に雨が降ったりすると元の木阿弥になってしまう。わたしの場合、なぜかその確率が高い。掃除への抵抗感が薄らいだのは、ドイツで暮らしてから。とにかく、ドイツ人は掃除が大好きなのである。

その影響を受け、わたしもベルリンのアパートの窓を磨くことに喜び

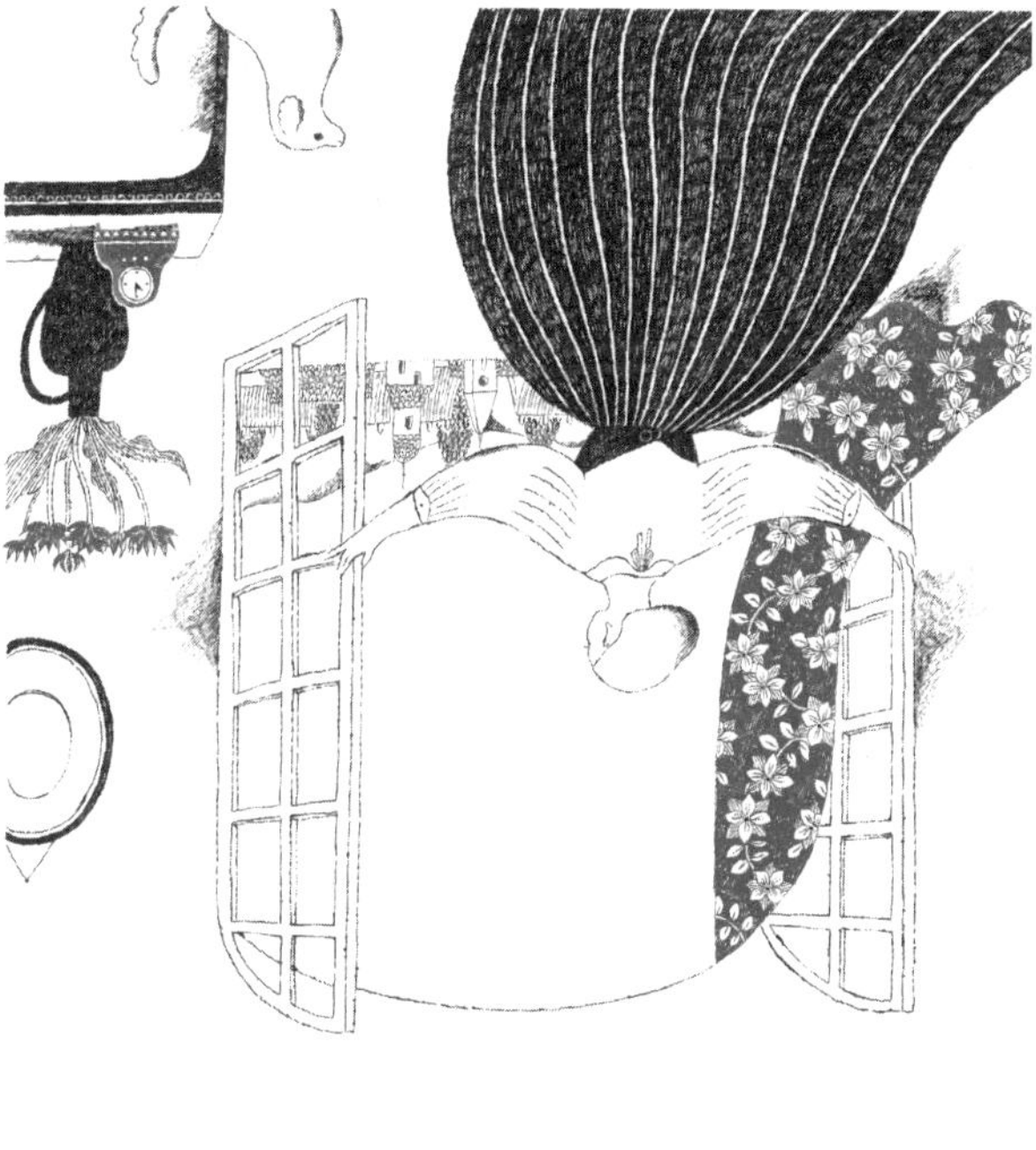

を感じるようになった。ピカピカの窓から見える景色は、汚れてくもった窓から見える景色より、遥かに清々しい。心がもやっとする時は、窓を磨くと、なんとなく気持ちが晴れて明るくなる。

窓は、古新聞を使って磨くのがわたしのやり方だ。窓拭き用のスプレーがあればそれを使い、なければ水をシュシュッと吹きかけ、そこを古新聞で擦るように磨く。たったそれだけで、面白いくらいに汚れが落ちる。古新聞も再利用でき、一石二鳥だ。

同じように、床も、軽く濡らした古新聞で汚れを落とす。汚れが気になるところだけを、ちゃちゃちゃっと。汚れを見つけたら、その都度解決する。雑巾だと、いちいち洗ったりするのが面倒だが、古新聞の場合はそのままゴミ箱に捨てることができる。だから、楽。

東京での住まいは床材に無垢の木を使っているので、残念ながら古新聞を活用することができない。古新聞で磨けるのは、窓と、洗面所の鏡だけである。

その代わり、東京の住まいの床を拭く時は、重曹を使っている。重曹を溶かした水で雑巾を絞り、それでひたすら床を磨く。そうすると、びっくりするほど汚れが取れる。無垢の床本来の素肌が現れ、すべすべになるのだ。重曹による水拭きは、半年に一回ほど。

十一月にこれをしておけば、師走に入ってから、慌てて大掃除をしなくても済む。そもそも、わたしは大掃除というのは、あまりやらない。それよりも、こまめに小掃除を繰り返すことで、なんとなく、部屋の気持ちよさを一定に保つよう心がけている。

夜、清められたわが家に、新米を炊く香りが広がる。これ、最高の幸せである。

湯治《とうじ》の旅

十一月は、誕生月である。だから、自分の体に感謝して日頃の労をねぎらうため、温泉に行く。

温泉に浸かるには、ちょうどいい季節だ。食べ物もおいしくなるし、紅葉も美しくなる。暑くもなく、寒くもなく。なんていい時期に誕生したのかと、これぱっかりは自分の意思ではどうすることもできないので、ただただ両親に感謝しなくてはいけない。

生まれ育った山形には、温泉がたくさんあった。家族でよく行ったのは、蔵王温泉である。蔵王のお湯は独特で、硫黄《いおう》の匂いがかなり強い。色も白濁している。ダメな人はダメかもしれないけれど、わたしはかなりいける口だ。つんと鼻に刺さるような硫黄の匂いが強ければ強いほど、湯船でガッツポーズを作りたくなる。

ただし、お湯の温度はぬるめがいい。熱いと、長く浸かれない。わたしは、ある限度を超えてしまうと、いくらでもお湯に浸かって時間を過ごすことができる質なので、ぬるいのは大歓迎だ。条件が整えば、二時間でも三時間でも湯船に入っていられる。露天風呂に浸かりながらぼんやりと空を見上げ、ああでもない、こうでもないと思考を巡らせていると、あっという間に時間が過ぎてしまう。

箱根にも一軒、たまに年上の友人と湯治に行く宿がある。硫黄ではないが、そこのお湯もなかなかいい。基本は日帰り湯なのだが、敷地の一角に宿泊できる施設があり、そこの簡素な部屋に寝泊まりして、体を癒やす。何よりもありがたいのは食事で、夜は玄米が食べられるのだ。丁寧に愛情を込めて作られたおかずには、毎回同じように感激する。

湯治なので、ただただお湯に浸かって体をほぐすのが目的だ。結果として、食事の時以外は、ほとんど裸で過ごすことになる。全然飽きないどころか、あっという間に時間が過ぎてびっくりする。

わたしが生まれた時、父は出張で出雲大社にいたという。その縁で、私は当初「出雲」という名前になりかけた。寸前で止めたのは二人の姉だ。もしわたしが出雲になったら、遠足の日に雲を呼び、わたしのせいで雨が降ったと難癖《なんくせ》をつけられ苛められるから可哀想という理由だった。

出雲という名前で生きていたら、どんな人生を歩んでいたのだろう。

出雲大社には、まだ行ったことがない。だから今年こそは出雲大社にお参りし、まだ浸かったことのない温泉のお湯に浸かってみたい。

師走 —— しわす

おせちのしたく

十一月のうちに掃除や後片付け、包丁研ぎなどを済ませておくと、十二月は思いっきりおせちの準備に時間と情熱を注ぐことができる。特に今年は、数年ぶりに日本でおせちが作れるとあり、いやが上《おう》にも気合が入ってしまう。

具体的な作業に取りかかるのはクリスマスが過ぎてからだが、その前に、材料を揃え、段取りを考えておく。わたしの手元には、長年かけて軌道修正を重ねてきたおせちカレンダーなるものがあり、毎年だいたい暮れの二十七日からおせち作りを解禁する。

黒豆、五色なます、伊達巻は、わが家のおせち三種《さんしゅ》の神器《じんぎ》だ。この三つだけは、どうしても欠かせない。どんなに大変な時でも、可能な限り作ってきた。

黒豆は、できれば京都の錦市場で、上質な丹波産を手に入れたい。料理研究家の土井勝さんのレシピに倣い、豆を水に浸して戻すことなく、熱々の煮汁を、そのまま乾燥した状態の豆にかけてしまう。そうして次の日から、少しずつ火入れをし、好みの固さに仕上げていく。

そのやり方で作った黒豆は、皺《しわ》も寄らず、皮にアイロンを当てたようにピンと張っている。黒豆が失敗すると、それからの一年が台無しになったような気分になるので、とにかく慎重に火を入れる。黒豆は、気持ち固めなのがわたしの理想である。

五色なますに入るのは、大根、人参、油揚げ、蓮根、椎茸だ。それぞれを下ごしらえし、ねり胡麻や柚子酢（柚子の絞り汁）、蜂蜜などで味付けしたこってりとした衣で和える。とにかく、大量にできるので最初は戸惑うけれど、日持ちがする上、どんどん味が馴染んでいくので、飽きることがない。松の内の間の野菜は全て、この一品でやりくりできる。

伊達巻は、おせちの花形とも言える存在だ。伊達巻に使うはんぺんは、築地の場外まで買い出しに行き、それをすり鉢でねって使う。市販の伊達巻はどうしても甘味だけが際立ってお菓子を口にしているような気分になるが、自分で作れば甘さを加減することができる。

わたしは、おせちを作るのが好きだから、こんな手間ひまも苦にならず、楽しんでやっている。でも、それを苦手と感じる人は、半ベソをかいてまでおせちを用意する必要はないというのがわたしの考えだ。市販のおせちを味わうのも、またお正月の楽しみの一つなのだから。おせち作りは、無理をせず、笑顔で楽しむことが一番です。

富士山に登る

一度だけだが、富士山に登ったことがある。もう十年以上も前のことだ。その日は天候が悪くて、かなり過酷だった。確か五合目から登り始め、七合目にある山小屋で仮眠をとり、深夜から頂上を目指したのだ。

途中から雨が強まり、嵐になった。引き返すのも、登り続けるのも、どっちも地獄。かといって足を止めると体温を奪われるから、とにかく、一歩、また一歩と、次の一歩を踏み出すことだけに意識を集中した。

辛かったのは、八合目から九合目である。歩いても、歩いても、辿り着かない。とにかく道が単調で、長いのだ。雹《ひょう》のようなものが、容赦なく体に当たる。それでも、意識が半分朦朧《もうろう》とする中、夢遊病者のように歩き続けた。今から思うと、軽い高山病だった。

ほんの少し足が軽くなったのは、九合目を過ぎてから。頂上のゴールが見えてくると、心に希望のようなものが芽生えてくる。あそこまで行けば、この苦しみから解放されるのだ。ゴールが見えない、まさに暗中模索で行くしかないさっきまでの状態の方が、よっぽど辛かった。無事に頂上の鳥居をくぐった時、わたしはしみじみ、登山と人生は酷似しているなぁと実感した。

頂上からのご来光を見たくて暁登山をしたのに、頂上からは雲以外の何も見えなかった。しかも、嵐が強まり、すぐに下山しなければ危険だという。楽しみにしていた火口の周囲を巡り歩くお鉢巡《はちめぐ》りもせず、とにかく速攻で山を下りることになった。これもまた、人生に似ている。いくら努力したからといって、期待する結果が得られるとは限らない。

それでも、わたしは富士山に登ってよかった。富士山が、大事なことを教えてくれた。

その富士山が、年末年始になると、わが家の近くからでもバッチリ見える。わたしは暮れからお正月にかけての東京の空が、一番好きだ。からりと晴れて、空気も澄みきっている。

大晦日、おせち料理をお重に詰めたら、夕方、川沿いの道をてくてく歩いて、富士山を拝みに行く。駅ビルの屋上から、堂々と見える富士山。太陽が沈んで少し経つと、富士山がほんのりと紅に浮かび上がる。

両手を胸の前に合わせて、この一年、無事に過ごせたことを富士山に感謝する。来年も、穏やかに、健やかに過ごせることを、静かに祈りながら一年を終える。

睦月——むつき

白味噌のお雑煮《ぞうに》

水臭い、という表現は、親しい間柄なのに他人行儀でよそよそしい態度をいう時に使う形容詞だとばかり思っていた。もちろん、それも合っている。けれど、もう一つ別の使い方があると知ったのは、つい最近のこと。京都出身の友人に白味噌のお雑煮を作って食べさせた時だった。

「なんかこれ、水臭くない？」友人が、言った。

水臭い？　出汁の匂いのことを言っているのかと思ったら、どうもそうではないらしく、水分が多くて味がボケていることを関西ではそう表現するらしいのだ。それで、白味噌を足して作り直したら、今度はビシッと味が引きしまり、確かに水臭くなくなった。

人生で最初に出会ったお雑煮は、実家の母が作ってくれる、野菜のた

っぷり入った田舎風だった。千切りにしたゴボウや人参、椎茸、白滝、セリ、鶏肉などが入っており、味付けは醤油。お餅は、ストーブの上に網をのせ、祖母がじっくりと香ばしく焼いてくれた。

結婚していた頃は、夫の出身地である東京のお雑煮を作った。実家のお雑煮から比べると具材はグッとシンプルになり、三つ葉、鶏肉、なると、柚子。この時ばかりは料亭で使われるのと同じレベルの昆布とカツオ節を惜しみなく使って上品な出汁をとるので、お雑煮の隠れた主役は出汁である。味付けは塩のみで、とても贅沢なお雑煮だ。

最近は、関東風に飽きた時の変わり種《だね》として、白味噌のお雑煮も作るようになった。でもよく考えると、わたしは本物の白味噌雑煮を食べたことがなかったのだ。

水臭いと指摘されて以来、白味噌には用心するようになった。他の多くの味噌は、煮立てると香りが飛ぶと言われ、決して火を入れすぎないのが鉄則である。だが、こと白味噌に限っては、それが当てはまらない。そんな事実も、最近になって知った次第である。

白味噌の場合、グッグツと容赦無く火を入れることで味がまろやかになり、とろりとした仕上がりになるという。煮えばなで止めた白味噌では、水気が多く、シャバシャバして、確かに水臭くなる。これでは、せっかくのお餅のおいしさも台無しというものだ。

どのお雑煮が一番好きかなんて、簡単には決められない。どのお雑煮にも、それぞれの魅力と味わいがあり、何よりも、素敵な思い出がたくさんたくさん詰まっている。

そんなわけで、一月は雑煮月。三種類のお雑煮を順繰《じゅんぐ》りに作っては、満面の笑みを浮かべている。

手書きの年賀状

いったい、子どもの頃から数えて、何枚の年賀状をもらっただろう。そして、何枚の年賀状を書いたのだろう。もう今年で終わりにしようかと思いながら、わたしはいまだ廃止することができないでいる。理由は簡単で、自分がもらって嬉しいからだ。

わたしの年賀状の準備はまず、十一月に売り出されるお年玉付きの切手を買うことからスタートする。これは翌年の干支と縁起物のイラストが描かれたおめでたい雰囲気の切手で、一枚につき三円分の寄付がついている。人気があるのか数が少ないのか、結構すぐに売り切れてしまうので、発売日が来るとすぐに郵便局の窓口へ出向く。何枚買うかは、毎年頭を悩ませるところだ。

年賀状はいつも、鳩居堂の葉書と決めている。大抵は富士山の絵柄で、前年と重ならないように気をつけつつ、なんとなくその年の気分で選ぶ。実際に年賀状を書くのは、年が明けてからだ。その方が、年賀状という体裁にはふさわしい気がする。元日、初詣をした帰りに郵便受けを覗き、年賀状を受け取って、それぞれの人に新年のご挨拶をすべく年賀状をしたためる。

料理もそうだけれど、面倒臭いとか、嫌々ながら書くくらいなら、いっそ、出さない方がいいように思うのだ。気持ちよく、相手のことを慮りながら書いてこそ、年賀状の役割が果たせるというもの。だから、一年の始まりの特別な日に、わたしは清々しい気持ちで年賀状を書く。自分への年賀状を受け取った後だから、近況へのコメントもしやすいし、より親密な内容のメッセージを添えることもできる。

宛名も、挨拶文も、万年筆を使って手書きにする。最後に切手を貼れれば完成である。それを、犬の散歩がてら、ポストに出しに行く。暮れではなく、年が明けてから年賀状を書くのは、お勧めしたい習慣だ。

もし、お正月が慌ただしくて年賀状を書いている余裕がない場合は、旧暦のお正月に合わせて出すという手もある。素敵な年賀状は、それだけで相手を幸せにするもの。そういう年賀状は栞がわりにして本に挟んで使っている。忘れた頃にひょっこり再会する年賀状は、微笑ましい存在だ。やっぱり、年賀状はやめないでおこうかな。

如月——きさらぎ

大福梅《おおふくうめ》と刻み昆布のお茶

かつては、立春《りっしゅん》が一年の始まりだった。ちょうど、梅の花がほころぶ頃で、なんとなく空気も暖かくなり、春という言葉にはとてもふさわしいと思う。わたしにとって、立春もまたお正月。わたしは年に二回、おめでたい気分を味わっている。

長く京都に暮らす友人が、大福梅なるものを送ってくれるようになった。

京都市上京区にある北野天満宮には、菅原道真《すがわらのみちざね》公ゆかりの梅苑があり、その梅の木になった梅の実を塩漬けし、夏、巫女さんたちがその実をむしろに広げて土用干《どようぼ》しし、カラカラになるまで乾燥させたのち再び塩漬けにしたものが大福梅だという。奉書紙を広げると、ウラジロと共に大福梅が六粒ほど入っていた。

立春の朝、その大福梅を使って福茶を淹れる。白湯でもほうじ茶でも緑茶でもいいのだが、この日ばかりは奮発して、同じく京都にある昆布の専門店、「ぎぼし」の刻み昆布茶を使う。この昆布茶は正真正銘、本物の昆布茶で、ただ昆布を細く細く刻んだものだが、職人さんが手作業でやらなければこの味わいは出ないといい、たいへん貴重なものだ。

通常のお茶と同様、刻み昆布を急須に入れ、お湯を注いで抽出するが、昆布の量を少なくすると、途端に水臭い味になってしまう。小さな袋で千円近いお値段だから、おいそれとは飲めない。わたしにとっては、とっておきの贅沢なお茶なのだ。

湯呑みの底に大福梅を一粒入れ、そこへしずしずと昆布茶を注ぐ。昆布の出汁と梅の酸味が合わさって、それはもうお茶というより立派なスープだ。

しっかりと塩の染み込んだ大福梅にはまだまだ味が残っているから、昆布茶で淹れた一杯目以降は白湯に変えて、一日中、酸っぱい梅の味を楽しむことができる。

それを、六日間続ける。ただし、贅沢な刻み昆布茶で淹れるのは、立春の朝の、たった一回だけ。福茶には、節分でまいた炒り大豆を入れるという人もいるが、わたしはこの、シンプルな大福梅と昆布茶の組み合わせが大好きだ。本当は、毎日でも飲みたい。

大福梅は、師走の事始めから終い天神の頃まで北野天満宮で授与されるという。梅が咲き、実を結び、その実を摘んで、手間ひまかけてようやく一粒の梅干しが完成する。自然と人との共同作業に感謝しながら、無病息災を祈って福茶を飲む。しみじみ、幸せ。

伊勢詣《いせもう》でとめかぶうどん

伊勢神宮は天照大神をまつる神社だが、冬至《とうじ》を挟んだ前後一カ月の間だけ、内宮《ないくう》の宇治橋に立つ大鳥居《おおとりい》から太陽が顔を出すことは、あまり知られていない。そんな貴重な光景に出会うため、人生何度目かの伊勢詣でへとくり出した。

一日目、まずは夫婦岩で有名な二見興玉神社《ふたみおきたまじんじゃ》に参り、その後、外宮《げくう》へ。外宮には、天照大神の食事を司る豊受大御神《とようけのおおみかみ》がまつられており、衣食住や産業の神様として慕われている。

参拝を終え、おかげ横丁へ寄ることになった。おかげ横丁にはたくさんの出店が並び、何度足を運んでもワクワクする。今日は何を食べようかと目移りしていると、同行の知人から、伊勢うどんを食べないかと誘われた。よりによって、あの伊勢うどんである。

実は数年前、取材で伊勢を訪れる機会があり、お昼、老舗のうどん屋さんに連れて行っていただいた。麺が柔らかいとは聞いていたものの、想像を遥かに超える柔らかさで、お世辞にも、また食べたいとは思えなかった。以来、伊勢うどんはご無沙汰している。

顔を曇らせ返事を渋っていると、前回めかぶうどんを食べたらおいしかったのだと食い下がる。仕方なく、半信半疑で店に入った。そして、めかぶうどんを一杯だけ注文した。

一口すすって、目から鱗が落ちた。おいしいではないか。おいしすぎて止まらない。ふんわりと柔らかい麺にたっぷりとめかぶが絡まり、すいすいと胃に流れていく。絶妙なバランスなのである。これなら一人一杯ずつ頼めばよかったと、大いに悔やまれた。

翌朝は暗いうちに起き、朝五時から開く内宮を目指す。見上げると、空にはまだ星が輝いていた。夜明け前の五十鈴川《いすずがわ》で手を清め、砂利を踏んで奥へと進む。ふだん味わえない圧倒的な神秘にのまれ、身も心もみるみる清められていく。鳥たちが、朝の到来を告げる。

お参りを終え、まっさらな心で再び宇治橋を目指して歩いた。その頃には、だいぶ空が明るくなっている。白い息を吐きながら、宇治橋のたもとに立ち、太陽が顔を出すのを今か今かと待ちわびた。輝く朝日を拝みながら、太陽の偉大さに改めて息をのむ。

一連の伊勢詣ではこれにて終了となったが、気がかりは、あのうどんである。結局、二日連続のめかぶうどんとあいなった。店の名は「ふくすけ」、場所はおかげ横丁である。

こうして、伊勢詣での定番コースが完成した。次回はぜひ、冬至の日に行きたい。

弥生——やよい

雛祭《ひなまつ》りのちらし寿司

三月といえば、雛祭りだ。どんなに歳を重ねても、雛祭りは胸が躍る。わたしは、大人になってから自分で自分の雛人形を揃えた。いわゆる「お雛様」は、どうも顔がリアルすぎてちょっと怖く、自分のはもっと素朴な佇まいのお雛様にしたかったのだ。選んだのは、山形県酒田市に伝わる土人形、鵜渡川原《うどがわら》人形である。大石家の人々が、江戸末期頃より代々作り続けてきた。

まずはお内裏《だいり》様とお雛様を、次に三人官女《さんにんかんじょ》を、続いて五人囃子《ごにんばやし》をと、数年かけて少しずつ揃えた。都会のマンション住まいで雛壇など飾るスペースはどこにもないから、適当に横一列、もしくは二列くらいに並べて飾る。ちょっとした満員電車のような混雑ぶりだけど、それはそれでいいのではないかと思う。わたしはあまり、形式にはとらわれない。

海外に行っている時や、忙しい時は出すタイミングを逸してしまい、お目にかかれない年もある。それはそれで、仕方がない。だから、出せる時だけ、出す。ただ、たとえお雛様が飾れない年でも、雛祭りのご馳走は作って食べたい。ちらし寿司と、はまぐりのお吸い物があれば、言うことなしだ。

それでもタイミングを逃してしまった時は、旧暦でお祝いするという裏技もある。そうすれば、桃の花も手に入りやすく、ちらし寿司に筍を入れることだってできるかもしれない。

ある年の雛祭り、旅先に小さなお雛様を連れて行き、年上の友人とお祝いしたことがある。その時は、アーユルヴェーダをするため、南インドに滞在していたのだ。わたしがインドに持ち込んだのは裸雛《はだかびな》で、文字通り、スッポンポンのお雛様だ。わたしは以前からこの裸雛が好きで、大阪へ行くたび、住吉大社に寄っては裸雛を買い求めた。そして、友人に大変なことが起きて泣いたり落ち込んだりしている時、そっと、この裸雛を届けた。

だって、見ているだけでなんだか笑えてくるのだもの。どんなに着飾ったって、所詮服を脱げばみんな一緒やん、気にしたって仕方ないやん、とお内裏様とお雛様が大阪弁で気さくに話しかけてくる。

年上の友人は、この日のために日本から雛あられを持参した。南インドの晴れ渡った空の下、椰子の木を見ながら雛あられを食べるのも、異国情緒溢れる雛祭りで楽しかった。ちらし寿司もはまぐりのお吸い物もなかったけど、それでもやっぱり、雛祭りは特別な日だ。

春の宴と山菜お重

このことは、本当なら秘密にしておきたい。でも、同時に多くの人に素晴らしさを知ってもらいたいとも思う。山形に店を構える、出羽屋《でわや》さんのことである。

出羽屋は、わたしが子どもの頃からある、山菜料理の専門店だ。山菜を食べるなら、出羽屋か玉貴のどちらかで、幼い頃は、どちらかというと玉貴の暖簾をくぐることの方が多かった。けれど、ひょんなことから出羽屋と再会し、以来、ファンを自称している。

出会いは、キノコ鍋だった。その時々によってキノコの種類も変わるようだが、わたしが送ってもらった時は、ムキタケやサワモダシ、カノカ、ヤマブシタケなど、ふだんあまり耳にすることのない名前のキノコ

も含まれていた。新鮮なセリやネギは新聞紙に包まれ、走りのコゴミまで入っている。出汁、鴨肉、そばも全て揃って送られてくるから、こちらとしては鍋と箸を用意して待つだけでよい。

お正月には、おせちもいただいた。初めて、市販のおせちを注文したのだが、その仕事の丁寧さにただただ頭が下がる思いだった。山形のおせちらしく、鯉の甘露煮なんかも入っていて、わたしはすっかり魅了された。

けれど、なんといっても圧巻は山菜のお重だ。まず、見た目が美しくて感動する。地元の木材から特別に作ってもらっているというお重の中には、整然と春の恵みが並び、まるで春の野に降り立ったような爽やかな気分になるのだ。

一ノ重には、シドケ、コシアブラ、青コゴミ、ドホイナ、シオデ、タラの芽、月山筍《がっさんだけ》など生の状態の山菜が、二ノ重には、山菜豆腐や桜鱒の塩焼き、棒鱈煮、昆布巻き、黒文字羊羹など昔ながらの出羽屋の味が、三ノ重にはアイコ、ニリンソウ、ミズ、ワラビなどなど、全部で九種類もの山菜のお浸しが入っている。これだけの食材を自分で集めて料理するのは不可能に近い。それぞれの山菜のイラストと、お勧めの食べ方、特徴などを記したポストカード大のメモもつけてくれるので、山菜の勉強にもなる。

この山菜のお重を取り寄せるのは、春の宴と銘打つ特別な日と決めている。お客様をお呼びし、春が来たことを喜びながら、ともにおいしい時間を共有するのである。せっかくなので、お酒は、月山ビールか銀嶺《ぎんれい》月山《がっさん》を用意する。

春の宴は、出羽屋さんの山菜お重を囲み、とことんまで故郷の恵みを味わい尽くすのだ。

季節を楽しむレシピ

ここでご紹介するのは、
旬の野菜や果物が手に入ったら
よく作る簡単な料理やおやつです。
わたしは料理をする時、
ほとんど分量をはかりません。
ですので、
ここにある分量は目安にして、
みなさんのお好みの味を
見つけていただけたら嬉しいです。

小川糸

りんごのケーキ

材料

りんご1個
無塩バター100g
きび糖（なければ砂糖）80g
卵2個、薄力粉120g
ベーキングパウダー4g

作り方

❶りんごは、皮をむいてくし切りにし、更に4等分くらいに切って、お好みでシナモンパウダー大さじ1程度をまぶしておく。
❷室温に戻したバター、きび糖、卵、薄力粉、ベーキングパウダーを順に混ぜる。
❸②に①をざっくりと混ぜ、オーブンペーパーを敷いた型に入れる。
❹予熱しておいた180度のオーブンで50分焼く。

＊りんごの他、夏蜜柑《なつみかん》、バナナ、パイナップル、杏《あんず》など、季節のフルーツに替えても。

山椒鍋

材料

水1000㎖、昆布（中）1枚、塩小さじ2
蓮根1節、筍1/4本、ウド1/2本
鶏もも肉（半分は鶏団子のたねにする）150g
山椒の新芽（新鮮なものをたっぷり）
湯葉（生食用）50g
豆腐1丁、生麩（蓬《よもぎ》&粟《あわ》両方あるとよい）各30g

作り方

❶昆布だしを用意する。
（わたしの場合は前日から水に昆布をつけて常温で一晩おきます）

❷材料をすべて、ひと口大に切ってザルやお皿に並べておく。

❸お鍋料理の要領で、鶏もも肉と、それを包丁でたたいて作った鶏団子（分量外の塩とネギを刻んで入れる）、野菜、豆腐、湯葉、生麩をしずかにだしに入れ、火が通ったら塩を入れて火を止め、山椒の芽を一気に入れ、手早くお椀などに取り分ける。

＊好みでポン酢をかけてもおいしい。

コーヒーゼリー

材料

コーヒー５００㎖、ゼラチンパウダー５g

作り方

❶深いりのコーヒー豆を、
コーヒースプーン山盛り６杯分用意し、
５００㎖分のコーヒーを濃いめにいれる。

❷すぐに、ゼラチンパウダーをコーヒーに入れ、
完全に溶けるよう、念入りに混ぜる。

❸器に移し、粗熱がとれたら冷蔵庫で冷やす。

＊いただく時に、好みで蜂蜜と牛乳をかける。

バナナアイスクリーム

材料

生クリーム２００mℓ
牛乳１５０mℓ
きび糖（なければ砂糖）50ｇ
バナナ（大）１本
柚子酢（なければレモン汁）少々

作り方

❶牛乳ときび糖を合わせて火にかけ、きび糖を溶かしてから、冷ましておく。

❷生クリームをボウルに入れ、底を氷で冷やしながら、泡立てる。

❸②に①を混ぜ、ボウルにラップをして冷凍庫で冷やす。

❹2時間くらいを目処に冷凍庫から出して、全体をかき混ぜる。

❺バナナをフォークで潰し、
柚子酢（もしくはレモン汁）少々をまぶして、
④に混ぜる。
この時に、お好みでシナモンを混ぜてもよい。

❻更に冷凍庫で冷やし、
2時間を目処に、また全体をかき混ぜる。

❼紙コップに移し、上にラップをして、
冷凍庫で冷やし固める。

＊ラムレーズンや干し杏など、
水分の少ない果物に替えてもおいしい。

芋煮

芋煮

材料

昆布カツオだし１０００㎖、日本酒50～60㎖
しょうゆ50～60㎖（好みで調整する）
塩少々、里芋1袋、牛肉（赤身）２００g
ゴボウ1本、コンニャク1枚
舞茸1パック、長ネギ1本

作り方

❶里芋は、両端を薄く切り落とし、ふたのできる鍋に並べて里芋が半分つかる程度の水を入れ、火にかけて蒸し煮にする。少し箸が入る程度まで火が通ったらザルに上げ、冷めたら皮をむく。（こうすることで、無駄なく皮がむける）

❷ゴボウは大きめのささがきにし、水に浸けてアクを抜く。

❸コンニャクは、手でひと口大に千切り、塩（分量外）をまぶしてもむようにする。その後、湯がいてアク抜きする。

❹鍋に昆布カツオだしを入れて火にかけ、沸いたら、常温に戻した牛肉を手で適当な大きさに裂きながら入れる。

❺日本酒を加える。

❻①と②を入れ、火が通ったら、③、裂いた舞茸も入れる。

❼しょうゆと塩で味を調える。

❽最後に斜め切りにした長ネギを加える。

＊翌日は残った芋煮にカレー粉を追加して、芋煮カレーにし、そばやうどんにかけて食べてもおいしい。

雑穀《ざっこく》のスープ

雑穀のスープ

材料

水８００㎖、レンズ豆２００g
そばの実20～30g
稗《ひえ》大さじ１～２
玉ねぎ１個、ベーコン１００g
蓮根（中）１節
コンソメの素10g
ローリエ２～３枚
塩、白しょうゆ各適量

仕上げの一歩手前まで作ったら、ストック用に分けて冷凍しておくと便利。

作り方

❶鍋に水を入れ火にかけ、沸騰したら火を止める。

❷軽く洗ったレンズ豆を①に入れて、ふたをして2~3時間そのまま余熱で豆に火を通しておく。

❸②にコンソメの素（または和風だしの素）とローリエを入れ、弱火にかける。

❹レンズ豆に箸が入るくらい火が通ったところで、みじん切りにした玉ねぎと蓮根、細かく刻んだベーコン、そばの実を加え、更に火を通す。

❺途中、稗大さじ1~2も加える。（その他の雑穀でも可）

❻全体にとろりとしたら、味を見て、塩、白しょうゆなどで味を調える。

＊冷凍する場合は、あら熱をとってから冷凍庫へ入れる。

❼食べる時に、別の鍋で昆布とカツオ節でとった和風だしを作り、スープを同量くらいの和風だしでのばし、好みのキノコや野菜（舞茸、なめこ、小松菜、キャベツなど、なんでも可）を加え、塩、コショウで味を調える。

❽最後に、エキストラヴァージンオリーブオイルを垂らす。

山形県・出羽屋

旬の山菜とキノコを
味わう旅

秋の出羽屋さんへ

大晦日の晩、出羽屋さんから届いたのは、見事なまでに美しいおせち料理だった。山形市で作られているという桐のお重に、山形ならではの正月料理が整然と並べられている。市販のおせちを買ったのは、初めてだ。毎年、わたしは暮れにおせちの用意をするのを楽しみにしている。

頼んでみようと思ったのは、それが出羽屋さんのお手製だったから。山菜料理で有名な出羽屋さんに、わたしは子どもの頃、何度か親に連れられ足を運んでいる。春になって陽射しが暖かくなってくると、「そろそろ出羽屋に行って山菜が食べたいねぇ」となり、山形市から車を走らせ、月山の麓《ふもと》に広がる西川町を目指すのである。

幼い頃は、正直、まだそれほど山菜の味がわかっていなかった。けれど、歳を重ねるにつれ、山菜の魅力に惹かれるようになった。今、わたしにとってもっとも好きな食べ物は、山菜である。

山菜とは、ワラビやゼンマイなど、野山に自生する野菜のこと。出羽屋さんが山菜料理を確立するまで、山菜は「山のもの」として敬遠されていた。それを、山菜料理として銘打ち、「ご馳走」にまで高めたのが、出羽屋さんなのである。

「とにかく貧しくて、食べるものがそれしかなかったんだと思います」

そう話すのは、出羽屋四代目の若主人、佐藤治樹《はるき》さんだ。

雪深い山形にあって、その中でも特に豪雪地帯とされるのが西川町である。同じ月山山麓《さんろく》でも、日本海に近い庄内地方では、お米もとれるし海からの恵みもある。けれど、盆地である西川町は、一山越えるだけで物流が閉ざされ、お米もとれない。

そんな中、冬をしのぐため、人々は自分たちの足元にある食材をなんとか食べて命をつなぐしかなかった。きっと、食料に恵まれた温暖な地域の人々には想像もできないだろうけど、本当にそうなのである。それくらい、西川町の冬は厳しく、一年のうちの半分は雪に埋もれてしまう。

そこで発達したのが、山菜やキノコの保存食だ。山菜もキノコも、一年のうち、採れる時期は決まっている。それを、一年中食べられるよう、乾燥させたり塩漬けにしたりして、保存する。そんな理由で、漬物も含め、山形には保存食文化が発達した。

訪れたのは、秋だった。今年はキノコの出が早くて、そろそろ終わりそうだという。慌てて山形に駆け込んだ。

キノコは神出鬼没《しんしゅつきぼつ》。毎年、気象条件によって出る時期が異なり、今年は夏が涼しくて湿度が低かった分、出る時期が早まった。キノコに関しては毎年動きが読めないから、人間側がキノコに合わせて行動するしかない。人工的に栽培されているキノコと天然のキノコとでは、全く勝手が違うのである。

出羽屋さんの玄関に足を踏み入れた瞬間、胸に去来《きょらい》したのは懐かしさだった。そうそう、こうだっけ。入り口に囲炉裏《いろり》があって、それを囲むように席が設けられ、まずはそこでお茶を一服。

採れたての素材を目の前でひと皿ずつ調理してくれる「シェフズテーブル」。

出羽屋さんの創業は、もうすぐ百年を迎える。治樹さんの曾祖父《ひいじい》さんが始めた当初、出羽屋さんの前には鉄道が走っており、水力発電所や鉱山へ通う人たちに支那《しな》そばなどをふるまったのが原点である。

山菜料理を確立したのは、息子の邦治《くにじ》さんで、他所の人には山のものを、地元の人には肉や魚を出してもてなした。山菜そばは邦治さんのアイディアで、ここにある食材で、どの店でも同じように出せるものを地元の名物にしようと考案した。今でも、西川町に入ると「山菜そば」のノボリが目立つ。

その妻である喜久子《きくこ》おばあちゃんが、今も着物姿で店に立ち、客を出迎えてくれる。なんと、御年《おんとし》九十二歳。店に入った瞬間懐かしく感じたのは、この喜久子おばあちゃんの存在も大きい。現役バリバリの看板娘だ。

かつては、かの岡本太郎氏も足繁く出羽屋さんに通ったそうで、喜久子おばあちゃんが当時の様子を朗らかに話してくださった。喜久子おばあちゃんは朝十時から夜九時くらいまで玄関先に立ち、食事や宿泊にやってくる客を笑顔でお出迎えする。

さてと、まずはキノコ狩りへ。

キノコのある場所は、息子にも教えない。車を停める場所も、他の人にバレないようキノコの場所から少し離れたところに停めるのが鉄則だそうで、キノコの在処《ありか》は門外不出《もんがいふしゅつ》。それくらい、ある種の人々にとって、キノコは宝物である。

山へと案内してくださったのは、松田さんだ。普段のご職業は、書きたいけど、書けない。キノコも採れば、鴨も獲《と》る。鮎だって、一本釣り。言わば、山の達人である。

「ほら、わかりますか？　あそこに鱒茸《ますたけ》があります。これから、あれを採りに行きます」

しかし、採りに行くと言っても簡単ではない。確かに、木の一角にオレンジ色のキノコが群がるように顔を出しているのは見えるのだが、辿り着くまでには沢を越えなくてはいけない。もちろん、そこに橋などなく、要するに急斜面を下って沢を自力でジャンプし、再び急斜面を上ってキノコの場所まで行かなくては手に入らないのである。なるほど、天然物のキノコを採るというのは、命がけの作業だ。

実際、何度か足を滑《すべ》らせ沢に落っこちそうになった。気軽に、キノコ狩りに行きたいなんて言ったことを後悔する。どうりで、天然物のキノコは高価なわけだ。行ったからといって必ず採れる保証はなく、キノコとの出会いはまさに一期一会。

でも、こうやって命がけで山に入ってキノコを採る人がいなくては、キノコの食文化は途絶えてしまうし、山と人との絶妙な関係もバランスを崩してしまう。

「月山は、わたしたちの冷蔵庫なんですよ。そして雪解《ゆきど》け水は、調味料です」

そう話すのは、治樹さんと結婚し、山形市内から西川町にやってきた妻の悠美《ゆみ》さんだ。春は山菜、夏は川魚、秋はキノコ、冬は熊や鹿や鴨などのジビエと、月山は四季折々の恵みをもたらしてくれる。それらを全て含めて、出羽屋さんでは「山菜」としてお出しする。

まさしく月山の麓に広がるブナの森は、天然の冷蔵庫だ。わたしは夏の月山で飲んだ湧《わ》き水の味を思い出した。あんな清らかでおいしい水を、飲んだことがない。

悠美さんという一人の若い女性が出羽屋さんにやってきたことも、きっと大きな変革をもたらしたのだろう。四代目を継いだ若夫婦からは、月山の山の自然を守ることが自分たちの使命だという気概が、言葉の端々から伝わってくる。若き二人が目指すのは、山の伝道師になることだ。

若夫婦が新しく始めたことの一つに、シェフズテーブルがある。これは、蔵の二階に特設テーブルを設け、そこで客と治樹さんが向かい合い、それぞれの料理の説明を受けながら山の幸をいただくというもの。これまでの、絢爛豪華な器にお膳で出していたやり方を改め、一品一品、治樹さんと言葉を交わし、山の景色に思いを馳せながら味わうのである。

この日のシェフズテーブル、まずは前菜としてキノコの五点盛りからスタートした。カノカ、平茸、香茸《こうたけ》、ヌキウチ、桜シメジには、それぞれ、炒め煮だったり塩漬けだったり味噌漬けだったりと、手を加えてある。

そもそも、キノコは採れたてがおいしいわけではない。干したり、茹でたりすることで、旨味が増し、おいしくなるのだ。だから、それぞれのキノコの特徴を知り尽くし、それぞれに合った手を加えることで、極上の一品になる。

ヌキウチはサルノコシカケ同様とても硬いキノコで、戦前は土の中に埋めて腐らせ、柔らかくしてから口に入れていたという。そんな調理法も、キノコ仲間との情報交換で知り得たもの。傘が閉じている方がおいしいか、はたまた開いている方がおいしいかもそれぞれのキノコによって異なり、キノコの世界はとにかく奥が深い。

お浸しには、松茸と春菊。

松茸は、丸のままじっくりと炭火で焼いて、松茸から出てきた貴重な「汗」をお出汁に含ませてある。森の上品な香りの、上澄みだけを取ったような松茸の高貴な芳香が、口の中で弾けた。あぁ、幸せ。

続く和え物は、まさしく山形の味の真骨頂《しんこっちょう》だ。天然の舞茸は枝豆で、軽く炙った無花果《いちじく》は大豆で、仙人の霞というふわふわとした見た目の木のコケは胡桃《くるみ》で、菊とキクラゲは酢胡桃の衣で和えてある。

わたしにとっては、どれも懐かしい味だった。特に、潰した大豆と砂糖を合わせたずんだ和えや胡桃和えは、よく祖母が作ってくれたもの。今回出羽屋さんにお邪魔して初めてわかったのだが、出羽屋さんを始めた初代の佐藤彦太郎《ひこたろう》さんは寒河江《さがえ》にある農家の出身で、わたしの祖母もまた寒河江のお寺で生まれ育った。お寺の出だったこともあり、祖母の作る料理は精進料理が多く、わたしは祖母の作ってくれる夕飯のおかずが大好きだった。ずんだ和えも胡桃和えも、子どもの頃日常的に口にしていた味である。

「冬眠じゃないですけど、人間も、冬が来る前に胡桃をたくさん食べて脂質を蓄えてたんだと思います」と治樹さん。山菜料理は全体的に甘じょっぱくするのが特徴だが、それは山菜の苦味や渋味を砂糖の甘さがカバーしてくれるから。人間は甘さを感じると脳にドーパミンが出て、それをおいしく感じるという。

シェフズテーブルは、更に続く。焼き物には天然の松茸、川魚にはカジカの唐揚げ。

治樹さんが惚れ込むスロベニアのワインとの相性が、抜群にいい。

治樹さんが目指すのは、あったかくてホッとする料理だという。ミシュランの星には全く興味がないと言い切り、ハレよりもケの料理に重きを置く。

わたしもここ数年、同じことを感じていた。足し算の料理より、引き算の料理の方が、遥かに心身に染みるのである。

「日常的な食が、ちょっとだけ豊かになればいい」という治樹さんの言葉通り、料理の世界でも、「もっともっと」を追求するのではなく、元々の素材のよさに必要最小限の手を加える手法が、これからの世の中、見直されていくだろうという気がした。だって、「もっともっと」は幻想だから。

おっかなびっくり始めたシェフズテーブルの試みだったが、蓋を開けてみれば、多くの予約が殺到した。中には、季節毎、月毎に通い詰める常連客もいるという。おいしさだけでなく、体の調子を整えるためにやってくる客もおり、まさに医食同源を体現している。

九十歳を超えてもいまだ現役で店頭に立つ喜久子おばあちゃんの元気の秘訣も、きっと日常的に山菜を食べているからだろう。

この世の中、人工的に作られた食べ物がほとんどになってしまった。それ故、かつては見向きもされなかった山菜が、逆に貴重なご馳走となって返り咲いている。

松茸と鱒茸は、フライになって登場した。そう、昼間松田さんと沢を越えて命がけで採りに行ったあの鱒茸だ。魚のマスと色が似ているからこの名がついたそうで、確かに衣に包まれた鱒茸は濃いオレンジ色をしている。食感が似ているので、世界的には「チキンマッシュルーム」と呼ばれているそうで、口に含んだ鱒茸のフライは、ジューシーで鶏肉のようだった。

それにしても、手を替え品を替え登場する松茸。

出羽屋さんでは、誰かが採ってきた山の幸を必要な分だけ買い取るということをせず、とにかく、採れたものは全て買うと決めている。そうすることで、山に入って命がけで食べ物を採ってきてくれる人の暮らしに、寄り添うことができる。

山は、定期的に人が入って山菜やキノコを採ることで、巡っている。その営みをやめてしまったら、山は荒れ、山菜を食す文化も廃れてしまう。山の伝道師になるとは、そういうことの全てに責任を持つという意味なのだと、松茸のフライを食べながら理解した。

鍋は、キノコ鍋だった。キノコ以外の出汁は一切入れず、味付けは醤油のみ。合計八種類のキノコが、それぞれグルタミン酸を出し合って、複雑に絡み合い、味の饗宴となっている。

最後は、とび茸のごはんと、キノコのお味噌汁。

デザートのカボチャのプリンを担当するのは、治樹さんの弟で、出羽屋農園の野菜作り担当でもある明希菜《あきな》さんだ。カラメルには香茸の煮汁が入っているそうで、確かにほんのりとキノコの香りが漂ってくる。ただ今、明希菜さんは地元のおばあちゃんたちから、漬物の作り方を習っているそうだ。明希菜さんの今後の活躍にも、期待が膨らむ。

美しい自然を美しい自然のままこれからの人たちに残すためには、

わたしたちは先人たちと同じ営みを続けていかなくてはならない。なぜなら、今わたしたちがおいしいと飲んでいる月山の水も、八十年前に降った雨水が、長い時間をかけて腐葉土《ふようど》のフィルターで濾過《ろか》され、今に至るものだから。今この環境を汚してしまったら、八十年後には、おいしい水が飲めなくなってしまう。雪解け水が一番の調味料というのは、大袈裟でもなんでもなく、本当に、水は命の源で、決してなくては生きていけない、かけがえのないものなのだ。

夕食後、月山の湧き水を沸かした柔らかいお湯に浸かりながら、昼間、治樹さんが案内してくださったブナの原生林を思い出した。そこは、わたしの大好きな場所。前回訪れたのは夏で、青々とした葉っぱが存分に光を受け、眩しいくらいに輝いていた。

そして秋、葉っぱたちは地面に落ち、幾重にも折り重なっている。歩くと、ふかふかとして柔らかかった。この葉っぱたちのおかげで、月山のおいしい水が誕生する。ブナの木から生えたナメコが、雨の中キラキラと光っていた姿が忘れられない。

ここ、月山ネイチャーセンターの木々は、どの木も幹がL字型になっている。雪の重みで、幹がそのまま垂直に伸びることができないためだ。それだけ、雪が深いということ。人も自然も、雪の重みに耐えられた者だけが生き延び、春を迎えることができる。

かつては、「山のもの」と見向きもされなかった山菜が、出羽屋さんの力で山菜料理となり、今、多くの人々の舌と心を魅了している。少しずつ規模を小さくしていきたいと話す治樹さんの言葉は、実際にそうするのはなかなか困難な道のりかもしれない。でも、この人たちならきっとできる。やり遂げるだろうな、と確信した。

なぜなら、彼らもまた、雪の重みを知っているから。一冬一冬越すごとに、人は強く、そして優しくなっていけるのだろう。西川町

に出羽屋さんがあることは、わたしの誇りでもある。また、今度は
春にお会いしましょうね。

出羽屋さんへ、春、再び

ここに、一冊の料理本がある。タイトルは、『出羽屋の山菜料理』。良質な書籍を出版することで定評のある求龍堂からの出版で、発行日は昭和五十九年六月十二日。私の元にあるのは第八刷で、平成二十一年九月十七日となっている。

著者は、出羽屋の二代目主人、佐藤邦治さん。あの、出羽屋の入り口に着物姿で立って暑い日も寒い日も笑顔で客を出迎える、御歳九十二歳の現役看板娘、喜久子おばあちゃんの今は亡き旦那さんである。

十年ほど前、出羽屋に泊まって山菜料理を食べたという年上の親しい友人が、お土産にくれたものだ。以来、春になって山菜の季節が巡ってくるたび、本を開いては、一つ一つの山菜の特徴や下処理の仕方、味付け法などを繙《ひもと》くようになった。私の山菜のお師匠さんである。

山形市に生まれ育ったので、山菜は子どもの頃から身近な食べ物だった。母が作る蕗味噌は絶品だったし、祖母が作るコゴミの胡桃和えは忘れ難い思い出の味だ。春になると、連日のように山菜のお浸しが食卓に並んでいた。中でも、タラの芽は大ご馳走だった。

ある年の春、そば打ちを趣味とする親戚のおじさんが道具一式を持って山の家に来てくれた。両親は一時期、市街地にある自宅とは別に、山の中に小さな山小屋を持っていた。そこで、そばを打ってもらい、山から採ってきたばかりのタラの芽をその場で天ぷらにして揚げるという会を催したのである。その時のタラの芽のおいしさと言ったら、到底私が持っている言葉では表現できない。今思い出しても、生唾が湧いてくるほど。春が訪れるたびにそんな特別な経験を積み重ねて、気がつくとわたしは山菜をこよなく愛するようになっていた。

十八歳で上京して驚いたことの一つが、スーパーでパック詰めにされて売られているタラの芽の小ささだった。発泡スチロールの上にちんまりとお行儀よく並んでいるタラの芽は、赤ちゃんの小指ほどで、わたしが知っているタラの芽とは全く様子が違うのである。しかも、ものすごく高い。

そして、もっと驚いたのは、その味だった。どんなに噛み含んでも、野性味が感じられないのだ。ドカンと口の中で大砲が上がったような衝撃的な春の息吹が、残念ながらスーパーで売られているタラの芽には感じることができなかった。

両親との関係がこじれたため山形からの山菜を送ってもらえず、スーパーで売られている山菜も買いたくないし、数年間日本を離れていたこともあって、わたしはしばらく、山菜とは無縁の春を迎えていた。わたしが暮らしていたドイツにも、ホワイトアスパラガスや苺など、春を告げる食べ物はある。数年間は、そういうものでお茶を濁《にご》していた。けれど、やっぱり山菜ほどのインパクトはない。春になっても山菜が食べられない状況に、わたしは少しずつ慣れていくしかなかった。

けれど、個人的な事情とコロナの後押しで再び日本で春を迎えるようになり、わたしはまた山菜を味わうことができるようになった。それが、何よりの喜びだった。数年ぶりに口にした旬の山菜は最高においしく、山菜を食べると無条件で体が喜ぶあの感覚を、わたしは久しぶりに思い出して小躍《こおど》りした。やっぱりわたしにとって、春は山菜が運んできてくれるもの。

そんな流れで、出羽屋さんから山菜お重を取り寄せたのが、ちょうど今から一年前。立派な桐の箱の蓋を開けた瞬間、子どものようにはしゃぐ自分がいた。

青コゴミ、浅葱《あさつき》、姫ウルイ、ゆり根、タラの芽、ウド、赤コゴミ、カタクリ、ゼンマイ。丁寧に処理されたそれぞれのお浸しが、整然と、ものの見事に並んでいる。そこにあるのは、月山の麓に広がる春の野原の色彩だった。爽やかな、春の野の香りがした。

他にも、焼き黒胡麻豆腐や山菜味噌、ゆり根饅頭《まんじゅう》など、出羽屋さんならではの味が悉《ことごと》く詰まっている。見た目にも美しい丁寧な手仕事で、まるで芸術作品のようだとしばし見惚れた。出羽屋さんの手

出羽屋の「山菜お重」。一ノ重が天ぷら用の旬の山菜、二ノ重が山形牛や蕗味噌、三ノ重がお浸しや和え物。桐箱も出羽屋のオリジナル。山菜お重は毎年4月中旬から6月上旬までの提供。

を通して届けられた、月山からの貴重な贈り物だった。

　それで、居ても立ってもいられなくなり、秋になるのを待って出羽屋さんを訪ねたのである。

　それから、半年が過ぎた。冬が終わるのを待ち、今度は春の月山に会うため山形新幹線に乗った。大人になってから、二度目の出羽屋さん詣でである。

　四代目を継いだ若夫婦、佐藤治樹さんと悠美さんご夫妻には、四番目の子どもが誕生していた。前回、秋にお会いした時、悠美さんのお腹に入っていた赤ちゃんである。悠美さんに抱っこされた生後四カ月の怜磨《りょうま》君は、始終笑みを浮かべている。看板娘の喜久子おばあちゃんもご健在で、この日は春らしく水仙柄の帯をピシッと締めて現れた。治樹さん、明希菜さんとも再会し、なんだか実家に帰ってきたかのようなほんわかした気持ちを、久々に味わった。もう五月に入ったとはいえ、まだまだ囲炉裏の火がありがたく感じる。

「昔は、どの家にも囲炉裏があったんですよ」

そう話すのは、治樹さん。その囲炉裏に鍋を吊《つ》るして、煮炊きをした。

二代目で『出羽屋の山菜料理』をまとめた邦治さんが考案し、西川町に広めた山菜そばも、キノコや山菜、鶏肉など季節毎にとれる食材を入れて囲炉裏にかけてぐつぐつ煮込んだ鍋が発端になっている。

山形出身の年配者に出羽屋さんの話をすると、必ず真っ先に挙げるのがこの山菜そばの思い出で、ある程度の年齢の山形県人なら誰しも一回は口にしたことがあるというほどの郷土料理だ。わたしも、山菜摘みに出かける前に、まずは山菜そばで腹ごしらえ。

本当に、山菜やキノコがこれでもかというくらいたっぷりと鍋いっぱいに入っていた。ここ西川町はお米がとれない豪雪地帯なので、その代わりにそばを食べる文化がある。腹持ちがいいよう、そばはしっかりと太い。

そばは、冷たいままつけ汁につけながら食べてもいいし、鍋に一度放り込んで、少し煮込んでから食べてもいい。滋味深いふくよかな味が、癖になる。最後に地元の人たちがハットと呼ぶ、そば粉をねって汁の中でぐつぐつと煮込んだそば団子も食べると、すっかり満腹になった。そして、いざ山菜摘みへ。

ブナの木は、毎年初夏になる頃、地下の根っこ同士で交流し、会議を開いているそうだ。これが、通称ブナ会議。御伽噺《おとぎばなし》のようだが実際にそうで、ブナたちは自分たちの生存のため、来年は豊作にするのか不作にするのかの、決定会議をする。彼らは、五年に一度は豊作の年を作り、自らの生存戦略をねっている。

昨年は、その豊作の年だった。故に、森にはどんぐりがたくさんあり、熊はお腹いっぱい好物のどんぐりを食べて冬眠した。食べ物が少ないと里に下りてこざるを得ない熊たちも、この冬は森の中で越冬することができた。ぐっすり休んでいるから、しっかりと脂がのっている。つまり、おいしいというわけ。

今年の冬は、例年になく雪がたくさん降ったという。雪が多いことは山菜の味に好都合で、日光に当たらない分、苦味やポリフェノールが長く蓄積される。雪が解けてくると、山菜は太陽に向かってグンと背伸びをするように顔を出す。

山菜は、熊の好物でもある。だから、山菜を食す熊と山菜は、当然相性がいいと治樹さんは考えている。

治樹さんが車で連れて行ってくれたのは、カタクリの群生地だった。治樹さんの、もっとも好きな花がカタクリである。斜面には、俯くような楚々とした姿で咲くカタクリが、わーっと一面に咲いている。こんな光景に出会えるのは、一年のうちでもたった一、二週間しかない。

「熊が冬眠から目覚めて、最初に食べるのがカタクリなんです」

カタクリ摘みの手を休めずに、治樹さんが教えてくれた。

カタクリは、昔は下剤として使われていたほどパワーのある植物。故に、口にするのはせいぜい一輪だ。一日かけて干して毒抜きし、それを炒めていただくと、冬の間に溜まった毒素を体の外へ排出することができる。熊も、春一番にまずカタクリを食べて、体の中を綺麗にするのである。

治樹さんが夢中になってカタクリを摘んでいるのは、娘である紫《し》乃《の》ちゃんのため。カタクリで、染色をしてみようと考えているのだ。うまくいけば、紫乃ちゃんの名前に入っている紫色の美しい布が誕生する。

治樹さんは、ものすごく子煩悩《こぼんのう》だ。それは、自分がしてもらえなかったことを、自分の子どもたちにはしてあげたいという強い思いから。自ら使う調理道具にも、最近、少しずつ子どもたちの名前を刻むようになった。こうやって、若夫婦はどんどん新しい風を吹かせている。

治樹さんが出羽屋さんを継ぐために戻ってきたのは十年前だ。その頃は、本当に本当にしんどい時期だった。祖父である邦治さんが亡くなり、出羽屋さんの印象が人々の間から消えかかっていた。そんな時に、群生《ぐんせい》するカタクリの中に、白いカタクリを見つけた。白いカタクリに出会うと、幸せになると言われている。白いカタクリが、治樹さんの心を慰めた。

今、十年前に比べると、調理場は遥かに若返った。仕事場には笑顔が溢れ、それぞれの人がそれぞれの持ち場を気持ちよく働きながら管理している。十年という時間をかけて少しずつ変えてきたものが、ようやく実りつつある。「長かった」と、治樹さんは何度もしみじみと呟いた。

カタクリに交じって、ゼンマイが顔を出していた。その姿はまるで生き物のよう。毛むくじゃらで、ニョキッと力強く地面から生えている。触ると、ものすごく硬い。よく考えると、わたしは大地に生えるゼンマイの姿を知らない。こんなに逞《たくま》しい植物だったと知り、びっくりした。

ゼンマイは、大好きな山菜の一つだ。けれど、生では到底食べられない。そういえば、ベルリンにいた頃、生の山菜が食べられないので、その代わり、日本に一時帰国するたび乾物を持ち帰って、それを戻して料理をしていた。ゼンマイは、お客さんを招く時の特別なご馳走だった。大抵は水で戻してからコトコト煮て、油揚げと合わせて食べていた。

けれど、ゼンマイを加工するのは、ものすごく手間ひまがかかる。それを教えてくれたのは、出羽屋さんの畑とスイーツ担当である明希菜さんだ。それこそおばあちゃんが、両手を猫の手のような形にして一日中揉んで、それを乾燥させたらまた揉んで、また乾燥させたらまた揉んで、気の遠くなるような手作業を経て、ようやくわたしが水で戻すだけで料理することができる状態になるというのだ。その作業をする人によって空気の入る塩梅が変わり、戻した時の柔らかさが違ってくる。もちろん、同じ作業を機械でやったのと人間の手でやったのでも、全く違ったゼンマイになる。

明希菜さんは、間違いなく、わたしがこれまで半世紀近く生きてきた人生の中で、もっとも心の美しい人だ。優しくて、汚れがなく、純粋だ。明希菜さんも、兄である治樹さん同様、幼い頃から両親以外の人に育てられた。明希菜さんを育ててくれたのは、祖父の時代の従業員の妻だった幸子さん、通称さっちゃんばあちゃんで、明希菜さんは、そのさっちゃんばあちゃんの影響と愛情を、多分に受けて成長した。さっちゃんばあちゃんが明希菜さんに注いでくれたのは、無条件の愛だった。

さっちゃんばあちゃんは、薬を飲むよりも薬草などの食べ物で体を治す人だった。お腹の調子が悪ければ、丸一日梅を醤油で煮込んだ醤油梅を食べて調子を整え、虫に刺されたらオトギリソウをリカーに漬け込んだ手作りの虫刺され液を肌に塗る。さっちゃんばあちゃんから梅干しの作り方を習い、おやつには梅干しや干し柿を食べ、田んぼでとれたイナゴなどをごはんのおかずにして育った。明希菜さんにとっては、そっちの方が当たり前だった。

さっちゃんばあちゃん本人だけでなく、さっちゃんばあちゃんの周りにいるおばあちゃんたちも、みんなが「オレの孫ダァ」と言いながら、明希菜さんをかわいがった。明希菜さんは、そのおばあちゃんたちに、今、漬物の作り方などを習っている。

明希菜さんが哺乳瓶《ほにゅうびん》と共にさっちゃんばあちゃんのところに通うようになったのは生後三カ月の頃で、当時、さっちゃんばあちゃんは六十代。すでに未亡人となっており、きっとさっちゃんばあちゃんは、ありったけの愛情を明希菜さんに注いだのだろう。

今年、明希菜さんは自分の畑に梅の木を二本植えた。それはいつか、さっちゃんばあちゃんと梅仕事をするためのもの。明希菜さんが大人になった今でも、二人は週に一回は会おうと約束している。出羽屋さんで出されるのは、そんな明希菜さんが手塩《てしお》にかけて育てる野菜なのである。

夜六時、いよいよシェフズテーブルが幕開けする。

まずは、春蘭《しゅんらん》のお茶でお腹を温める。出羽屋さんには、客のそれぞれの趣向や食べる量、飲酒の有無などをまとめた「食のレシピ」なるものがあり、その時々の客に合わせて料理の内容をかなり変えるという。それもまた、シェフズテーブルならではのサービスで、カウンターを挟んで一対一で向き合えるからこそ、客は目の前の一皿の料理をより深く理解することができるし、治樹さんもまた、その思いや背景を出羽屋さんを代表して相手に伝えることができる。

続いて登場した山菜豆腐は、まさにわたしの大好きな味だった。残雪から緑が出てくる姿をイメージして作ったという豆腐は炭火で周りをこんがりと焼かれており、胡桃味噌が添えてある。あぁ幸せと、ちょうどよいお湯加減の温泉に肩まで浸かった時のような気持ちになる。

山菜のお浸しの盛り合わせは、木の芽（アケビの芽）、胡麻醤油をかけたコシアブラ、ニリンソウ、シドケ、アイコ、ドホイナで、それぞれ味も香りも違う。

小鉢はウドの胡桃和えとコゴミの黒胡麻和えで、これは創業当時の味のまま出している。

「変えてなくなるのは、一瞬ですから。山形に来たってことを感じてほしいですし、だから、ちょっと甘めなんですけど、女将が代々受け継いできた甘さのままにしているんです」

わたしも、ちょっと甘めの祖母の味を思い出し、懐かしくなった。

お椀は、桜鱒とワサビのお汁だった。ほんのしゃぶしゃぶ程度に浅く火を入れた桜鱒には、たっぷりとワサビが添えられている。

治樹さん曰く、ワサビは辛味ではなく、旨味。カツオの風味を抑え、昆布の代用としてワサビを使っている。お椀の中でクルンと丸くなっている山菜は、コゴミである。チェコのワインとの相性が、すごくいい。

ここで、熊が登場した。炭火で焼いた熱々のウドの上に、ツキノワグマの肩肉を二年間塩漬けにして作った自家製のラルドがのせてある。薄くスライスした脂身のラルドは、今にも溶けそうで、下のウドの緑が透けて見えそうなほど。

これが、本当にしみじみ、おいしかった。こんなにおいしい料理にしてくれたと、きっと熊も喜んでいるはず。

それを言ったら、「僕は、熊に助けられている人生なんです」と、治樹さんが笑顔になった。これは、治樹さんなりの、熊に対する感謝の気持ちを表したもの。

「ずっと、これがしたかったんです。熊の好きなものの上に、熊をのせる、っていうのが。生き物に包丁を入れるっていうのは、ものすごく責任のあることですから。命を恵んでくれたお礼として、熊の好物を合わせてあげたいな、って」

この一皿に出会えただけでも、はるばる山形まで来た甲斐があったというもの。人生の、忘れられない味の一つになった。

続くフキノトウうどんは、もともと賄いとして作っていたものだ。蕗味噌を豆乳で伸ばし、パスタの代わりにこの地域でよく食される麦切りを使っている。

そして、山菜といえば、天ぷらである。天ぷらには、ラベルもかわいい「くまコーラ」のワインを合わせていただく。

コゴミは昼間、山に入って摘んできたものだ。コゴミは、じめっと湿った湿地帯に生える。集団で芽を出すので、内側は残し、外側だけを採るようにすると、来年も太く立派な芽が顔を出す。欲張って全部を摘んでしまったら、翌年は貧弱な芽しか出てこない。そう

出羽屋の主人にカタクリ摘みを教わる。

いう知恵も、全て、人から人へと伝えていかなくては、山は痩せ、山の恵みが途絶えてしまう。

鍋料理は、ツキノワグマと浅葱、それに山椒の芽を添えたものだった。大地の滋養が、じんわりとお腹の底へ染みてくる。なんとも言えない幸せを感じた。大袈裟かもしれないけれど、この星に生まれた喜びすら感じる味わいだった。命を恵んでくれた熊に、心からありがとうと言いたくなった。

肉料理は、山菜のサラダと最上鴨。食事は、桜鱒とウコギのごはんに、お味噌汁。明希菜さんの手がけたウドを使った山のケーキでお開きとなる。

恵みをもたらしてくれている自然に対しての、まるでお供えのような料理だった。春の料理は光に照らされ、解放感に溢れていた。

治樹さん、明希菜さん兄弟の口から、幾度もおじいさんである邦治さんの思い出話を聞いた。治樹さんは小さい頃から邦治さんについて市場に行き、魚の目利きを教わったというし、明希菜さんは、彼が中学三年になるまでおじいちゃんと一緒にお風呂に入り、そこで色んな話を聞いたという。

ありがとう、ごめんなさい、をちゃんと言うことを孫たちに諭《さと》し、田舎者はどうしても端っこを歩きたくなるけど、何も悪いことはしていないのだから堂々と前を向いて道の真ん中を歩きなさい、と励ました。末っ子の明希菜さんは、邦治さんの晩年、病院のベッドで添い寝までしたという。

二人とも、いつも作務衣《さむえ》を着ている優しいおじいちゃんが大好きだった。とにかく新しいものを見てきなさい、と孫たちの背中を押して東京へ行かせたのも邦治さんである。

まだ二十代前半だった治樹さんは、十年前、祖父のやってきたことを継ぐという思いだけで出羽屋さんに戻った。明希菜さんは、もともと継ぐつもりはなかったが、畑仕事をするうちに、野菜をわが子のように感じるようになった。

お二人から話を聞くうち、邦治さんという人にわたしも会いたかったと思った。けれど、よく考えると、子どもの頃に親に連れられ出羽屋さんで食事をした時、わたしも邦治さんの料理をいただいているのだ。お会いしたことはないけれど、その精神というか魂は、きっと、わたしの中にも刻まれている。

ありがとうございました。ご馳走様でした。

心の底から、全身全霊でそう伝えたくなる、出羽屋の山菜料理だった。

山菜料理・出羽屋

山形県西村山郡西川町にある山菜料理店。山岳信仰で出羽三山を訪れる行者の宿として昭和初期に創業。現在は四代目の佐藤治樹さんが「地元のものを地元の人が調理したものが一番おいしい」という信念のもと味を受け継ぐ。数十種類の山菜やキノコの鍋をそばと合わせる「月山山菜そば」や、月山山麓の山菜や川魚を存分に味わえる「お振舞い膳」や、採れたての食材を目の前で料理してくれる「シェフズテーブル」などファンが多い。
山形県西村山郡西川町大字間沢58
☎0237-74-2323 9時~20時（宿泊も可能）www.dewaya.com

MOE BOOKS

糸 暦

2023年４月８日　初版発行
2024年２月11日　第５刷発行

小川糸／著

発行人　柳沢仁
発行所　株式会社　白泉社
〒101-0063　東京都千代田区神田淡路町2-2-2
電話　03-3526-8065（編集部）
03-3526-8010（販売部）
03-3526-8156（読者係）

デザイン　鈴木さとみ（wyeth wyeth）
レシピ撮影　安彦幸枝
出羽屋撮影　下村しのぶ

印刷・製本　図書印刷株式会社

MOE web　https://www.moe-web.jp
白泉社ホームページ　https://www.hakusensha.co.jp

HAKUSENSHA Printed in Japan
ISBN　978-4-592-73313-3

※本書は、月刊MOE2020年9月号～2022年9月号に連載された作品に加筆し、新たに構成したものです。